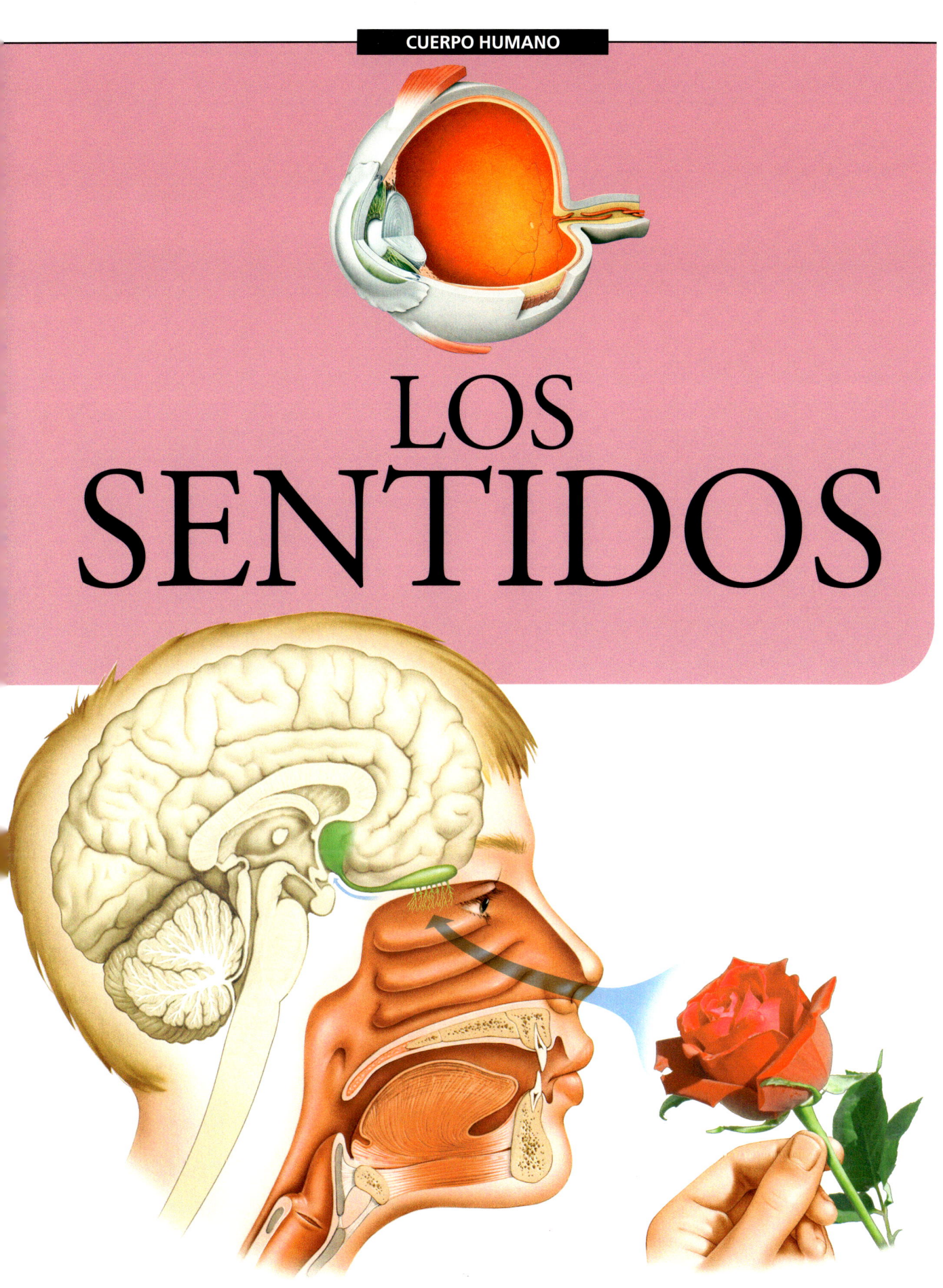

**Proyecto y realización**
Parramón Ediciones, S.A.

**Dirección editorial**
Lluís Borràs

**Ayudante de edición**
Cristina Vilella

**Textos**
Adolfo Cassan

**Diseño gráfico y maquetación**
Estudi Toni Inglés

**Ilustraciones**
Estudio Marcel Socías

**Dirección de producción**
Rafael Marfil

**Producción**
Manel Sánchez

Primera edición: septiembre 2004

Cuerpo humano
Los sentidos
ISBN: 84-342-2617-0

Depósito Legal: B-23.906-2004

Impreso en España
© Parramón Ediciones, S.A. – 2004
Ronda de Sant Pere, 5, 4ª planta
08010 Barcelona (España)
Empresa del Grupo Editorial Norma

www.parramon.com

Prohibida la reproducción total o parcial de esta obra mediante cualquier recurso o procedimiento, comprendidos la impresión, la reprografía, el microfilm, el tratamiento informático, o cualquier otro sistema, sin permiso escrito de la editorial.

## SUMARIO

4    En contacto con el exterior

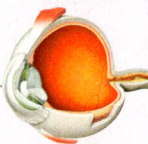
8    **La vista**
     Una ventana al mundo

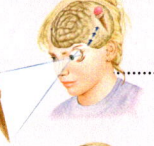
10   **La vista**
     El milagro de la visión

12   **La vista**
     El mundo en color

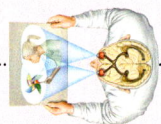
14   **La vista**
     Así se forman las imágenes

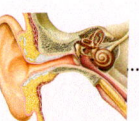
16   **La audición y el equilibrio**
     Captar los sonidos

18   **La audición y el equilibrio**
     Hola... te oigo

20   **La audición y el equilibrio**
     ¡No me caigo!

22   **El tacto**
     Reconocer lo que tocamos

24   **El olfato**
     ¡Qué bien huele!

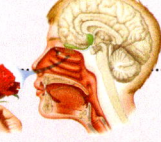
26   **El gusto**
     Todos los sabores

28   **El gusto**
     ¡Qué dulce!

30   Para saber más. Curiosidades

# MARAVILLOSAS FACULTADES

Este volumen sobre el *Cuerpo humano* dedicado a **Los sentidos** pretende proporcionar a nuestros jóvenes lectores unas nociones elementales sobre estas facultades que nos permiten mantenernos en contacto con todo cuanto sucede a nuestro alrededor, que constituyen ni más ni menos que nuestra conexión con el entorno, nos facilitan las actividades cotidianas, nos advierten de peligros, nos procuran placer y, para qué negarlo, también sensaciones desagradables. Resulta del máximo interés conocer los distintos órganos de los sentidos y su función, sin duda maravillosa.

Tras una breve introducción, donde se exponen los aspectos más teóricos, esta obra aborda cada uno de los diferentes sentidos básicos: la vista, el oído, el tacto, el olfato, el gusto y, también, aunque no siempre se lo tiene en cuenta como uno más de los sentidos, el equilibrio. Cada apartado consta de una gran lámina que muestra los aspectos anatómicos y funcionales de los diversos sentidos y unas concisas explicaciones sobre sus principales características. Información que se complementa al final del volumen con una sección destinada a explicar algunas curiosidades.

Al emprender esta edición, nos marcamos como objetivo realizar una obra práctica y didáctica, rigurosa y, a la par, amena. Esperamos que los lectores consideren cumplido nuestro propósito.

INTRODUCCIÓN

# EN CONTACTO CON EL EXTERIOR

La información que recibe nuestro cerebro procedente de los diversos órganos de los sentidos nos permite conocer el mundo que nos rodea.

- tacto
- audición
- visión
- gusto
- olfato

Los sentidos son unas peculiares facultades mediante las cuales podemos recibir y reconocer una variada información procedente de nuestro entorno y del interior de nuestro organismo. Los seres humanos disponemos de cinco sentidos básicos que nos proporcionan información sobre el mundo que nos rodea: la vista, el oído, el tacto, el olfato y el gusto, a los que cabría añadir otro sentido que nos permite conocer la situación de nuestro propio cuerpo, el equilibrio.

Es cierto que no disfrutamos de una visión tan aguda como la del águila, ni tenemos una audición tan fina como la de un perro, y mucho menos, un olfato tan preciso como el de los sabuesos, pero nuestros sentidos nos proporcionan suficientes datos como para desarrollar sin dificultades nuestra vida cotidiana. Nos permiten conocer lo que ocurre a nuestro alrededor, saber dónde se encuentra aquello que necesitamos y advertir los peligros que hay que evitar, reconocer a nuestros semejantes y relacionarnos... Dependemos por completo de nuestros sentidos, pues sin ellos estaríamos totalmente aislados en el mundo.

## LOS RECEPTORES SENSORIALES

Toda la información procedente del exterior nos llega a través de estímulos físicos o químicos: los rayos lumínicos, las ondas sonoras, las partículas químicas que flotan en el aire o las que están contenidas en los alimentos. Para poder registrar estos estímulos, se requieren, en primer término, unos receptores especiales, capaces de detectarlos y, más aún, de transformarlos en otro tipo de estímulos que puedan ser descifrados por el cerebro, que es algo así como nuestro ordenador central, el órgano donde se hacen conscientes las sensaciones. Por ello disponemos de receptores específicos

La visión no sólo nos permite apreciar la forma y el tamaño de las cosas; también nos proporciona un maravilloso mundo en color.

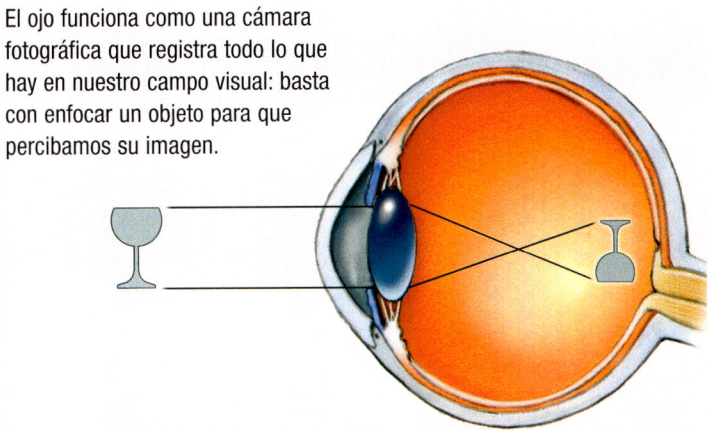
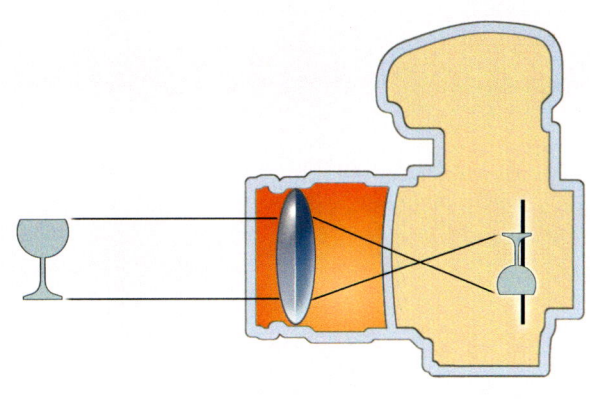

El ojo funciona como una cámara fotográfica que registra todo lo que hay en nuestro campo visual: basta con enfocar un objeto para que percibamos su imagen.

para captar los estímulos correspondientes a cada uno de nuestros sentidos: unos fotorreceptores situados en el interior del ojo que reaccionan ante la llegada de los estímulos lumínicos, unas células localizadas en el oído que son capaces de detectar los sonidos, multitud de corpúsculos táctiles repartidos por toda la superficie cutánea que perciben hasta el más leve roce sobre la piel, unos receptores situados en la nariz que se encargan de reconocer las partículas olorosas presentes en el aire que respiramos y las papilas gustativas de la lengua que detectan el sabor de todo cuanto nos llevamos a la boca.

Los receptores sensoriales, en realidad, son como microchips con una función precisa, con independencia del sentido: captar los estímulos físicos o químicos y transformarlos en impulsos eléctricos, pues nuestro sistema nervioso funciona con señales de esta naturaleza. Los propios receptores sensoriales, que hacen las veces de las terminales del ordenador central, no se encargan de discriminar los estímulos y producir las sensaciones, sino de iniciar un complejo proceso que permitirá su reconocimiento: desde que se detectan los estímulos hasta que las sensaciones se hacen conscientes, los impulsos generados en los receptores tienen que recorrer un largo camino.

## LOS CAMINOS DE LAS SENSACIONES

Todos los estímulos procedentes del exterior que registran los receptores sensoriales tienen un destino común: el cerebro, el ordenador central del organismo donde se recoge e interpreta toda la información. Y para llegar hasta el cerebro, los estímulos deben seguir un largo recorrido a través de unas vías específicas: las células nerviosas.

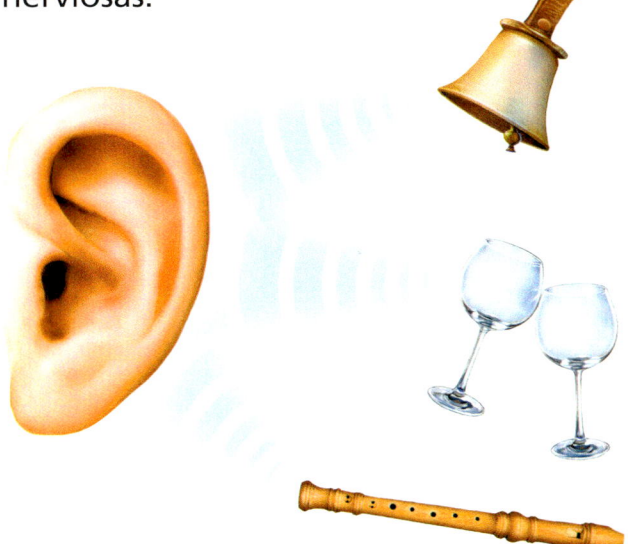

El oído capta las vibraciones que se producen a nuestro alrededor y envía información al cerebro para que descodifique los mensajes e identifique, con la mayor precisión posible, las fuentes sonoras.

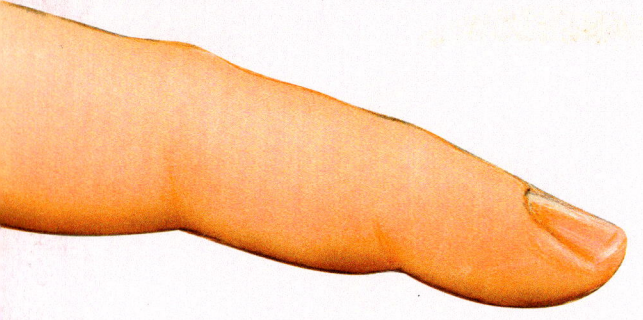

Los sentidos también tienen una función protectora, porque, gracias a ellos, podemos advertir muchos tipos de peligros.

El olfato no representa para el ser humano un sentido imprescindible para la supervivencia, como sí resulta vital para muchos animales, pero nos proporciona una amplia y variada gama de sensaciones placenteras.

Estas células, llamadas neuronas, enlazan los distintos órganos sensoriales con el cerebro. Inicialmente, en forma de impulsos eléctricos generados en los receptores, las neuronas llevan el mensaje a través de nervios que llegan hasta el sistema nervioso central. En ocasiones se trata de trayectos cortos, como es el caso del nervio olfatorio, que sólo tiene que seguir una senda de la nariz hasta el cerebro; o el del nervio óptico, que nace en la parte posterior del ojo. Pero en otras ocasiones el camino es mucho más largo: ¡pensemos en la distancia que deben recorrer los estímulos producidos por unas cosquillas en el dedo gordo del pie hasta llegar a la cabeza!

Y en este recorrido, los estímulos incluso tienen que hacer escalas: alcanzan la médula espinal contenida en la columna vertebral a través de unas neuronas, éstas transmiten la información a otras que ascienden hasta el tronco encefálico y allí generan impulsos en otras que, a veces con estaciones en los núcleos grises encefálicos, finalmente llegan a la corteza cerebral, su destino final.

## EL CEREBRO: AUTÉNTICO ÓRGANO DE LOS SENTIDOS

Es en la superficie del cerebro, en la corteza cerebral, donde realmente las sensaciones se vuelven conscientes, cuando, por fin, los estímulos que entraron como rayos lumínicos por los ojos se transforman en imágenes o las ondas sonoras que penetraron por las orejas se convierten en ruidos o en melodías, cuando identificamos un aroma o reconocemos un sabor, cuando percibimos una caricia.

El cerebro tiene esa maravillosa capacidad de interpretar los estímulos y proporcionarnos una representación del mundo que nos rodea. Y no sólo eso, pues también nos permite reconocer lo que percibimos: el rostro de un amigo, la canción de nuestro grupo favorito, el perfume de una rosa, el sabor del manjar que tanto nos gusta... Unos simples estímulos físicos y químicos, como por arte de magia, se convierten en coloridas imágenes, en armoniosas melodías, en exquisitas fragancias, en cosquillas o caricias...

Cuando nace, el bebé ya dispone de todos sus sentidos, pero el más desarrollado en esos momentos es el tacto: por eso disfruta tanto cuando lo acarician.

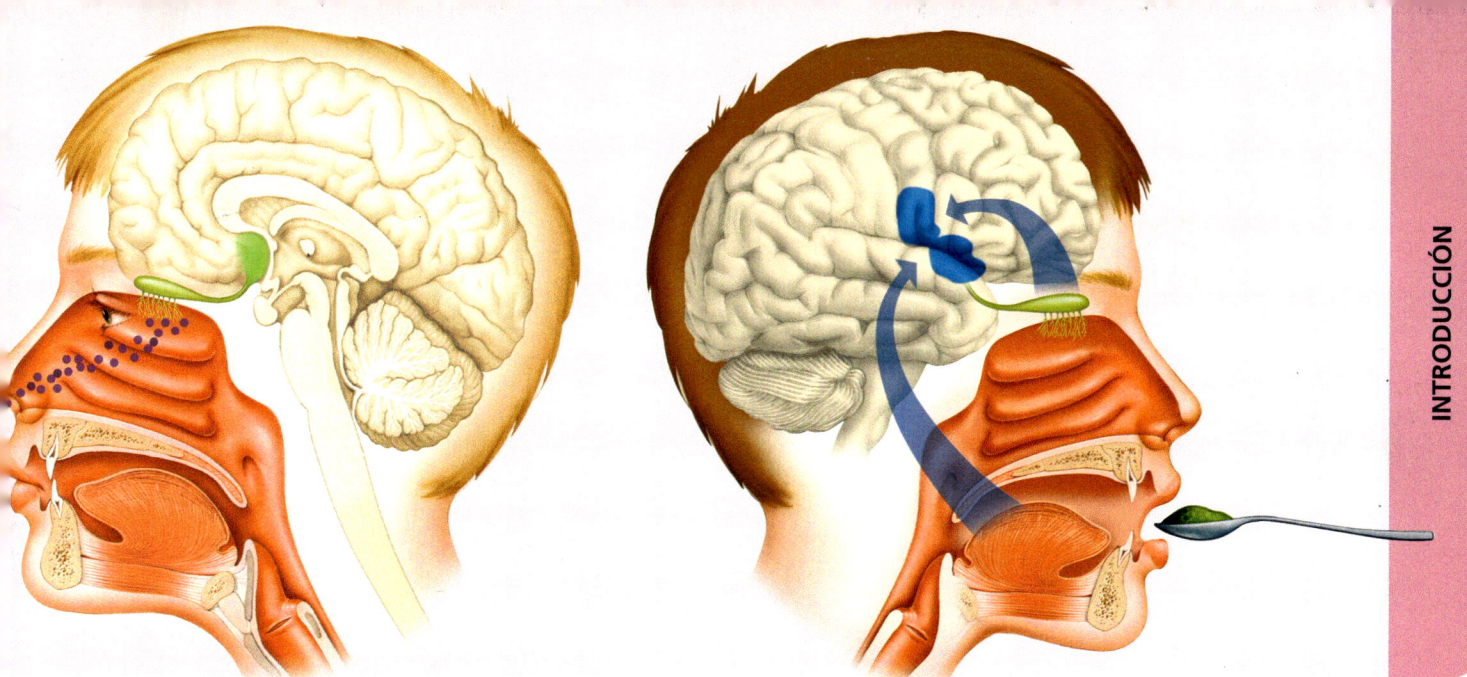

El gusto y el olfato son dos sentidos muy relacionados, hasta tal punto que las informaciones que proporcionan uno y otro se combinan para dar lugar a los sabores.

## EL DESARROLLO DE LOS SENTIDOS

No todos los sentidos están por completo desarrollados cuando nacemos: algunos, sin duda, están presentes en toda su intensidad desde el mismo momento del nacimiento; otros, en cambio, tienen aún que perfeccionarse. Es curioso, pero el desarrollo de los distintos sentidos no sigue un orden equivalente a la importancia que tienen cada uno de ellos en nuestra vida.

El sentido proporcionalmente más desarrollado en el recién nacido es el tacto, pues a través de su piel el bebé comienza a conocer el mundo que lo rodea, percibe si lo acarician, si está seco o mojado, si tiene calor o frío. También tiene desarrollado el gusto, pero sobre todo para el dulce, que precisamente es el sabor de la leche, nuestro primer alimento: el bebé tardará alrededor de dos años hasta que aprenda a reconocer todos los gustos. Y si bien el recién nacido reacciona ante los olores fuertes, apenas responde al percibir otros aromas, con una excepción: el olor que desprende su propia madre, que reconoce sin dudar.

En cambio, la audición y la visión son todavía pobres al nacer. Con respecto a la audición, el bebé apenas responde a los sonidos, aunque sean intensos, hasta los cuatro meses, cuando gira su cabeza hacia el lugar de donde procede un ruido fuerte. Pero habrá que esperar hasta que cumpla los ocho meses para que vuelva su cabeza hacia el sitio de donde surge una voz conocida, o hasta los dieciocho meses para que responda a los sonidos procedentes de un lugar alejado. Y en cuanto a la visión, el recién nacido prácticamente no percibe nada, aunque hacia los dos meses de vida ya comienza a distinguir el contorno del rostro de su madre mientras está mamando, y cuando tiene tres meses ya sigue la luz en movimiento dentro de su campo visual y empieza a distinguir los colores en este orden: primero el amarillo, luego el azul, el rojo y el verde. Pero aunque ya a los seis meses percibe todos los colores y fija la vista en los objetos que le interesan, siguiéndolos con la mirada cuando se mueven, todavía habrá que esperar unos años hasta que la vista alcance su pleno potencial.

## LA VISTA

# UNA VENTANA AL MUNDO

El ojo, o globo ocular, es el órgano de la visión en los seres humanos y en los animales. Se trata de una compleja y delicada estructura anatómica responsable de recibir los estímulos lumínicos procedentes del exterior y de transformarlos en impulsos nerviosos que, luego, son conducidos por el nervio óptico hacia el cerebro, donde son descodificados e interpretados como imágenes. Su funcionamiento puede compararse al de una cámara fotográfica o, mejor aún, al de una filmadora, pues proporciona una continua representación visual del mundo que nos rodea.

**conjuntiva** ■
membrana transparente que recubre la parte anterior del ojo y la cara interna de los párpados protegiéndolos de cualquier cuerpo extraño

**cristalino** ■
disco transparente y elástico que actúa como una lente para enfocar los rayos lumínicos sobre la superficie de la retina

**córnea** ■
disco transparente que protege la parte anterior del ojo y permite el paso de los estímulos luminosos al interior del globo ocular

**iris** ■
disco pigmentado, de diferente coloración en cada persona, que detiene los rayos luminosos y permite su paso al interior del globo ocular sólo a través de un orificio situado en su centro llamado pupila

### OJOS CLAROS, OJOS OSCUROS

El color de los ojos depende de la concentración en el iris de un pigmento denominado melanina, responsable también de la pigmentación de la piel. El iris es azul cuando la cantidad de melanina es escasa, como ocurre en las personas de piel muy blanca, y resulta más oscuro cuanto más pigmento contiene, por lo que las personas con piel oscura suelen tener los ojos marrones.

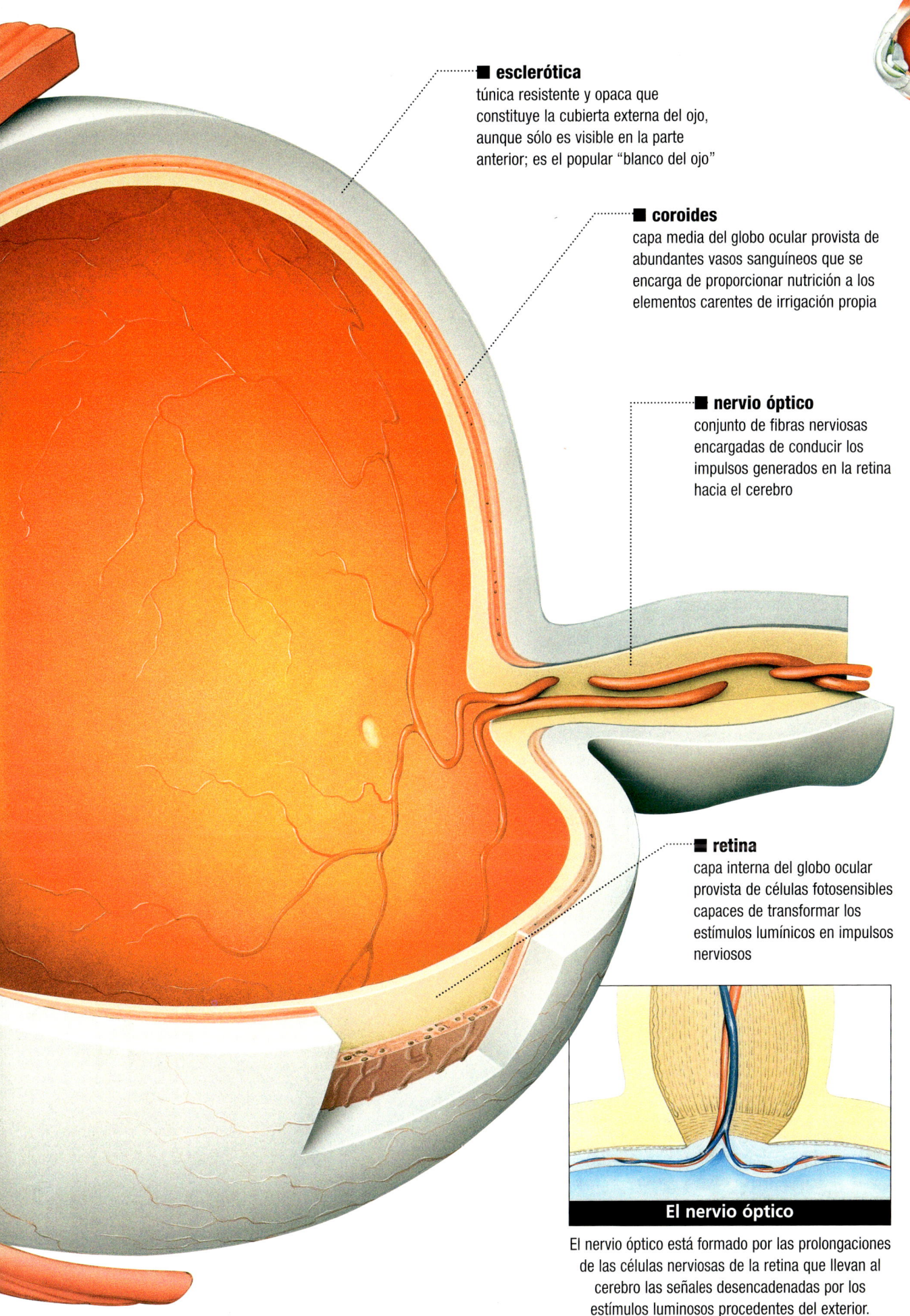

■ **esclerótica**
túnica resistente y opaca que constituye la cubierta externa del ojo, aunque sólo es visible en la parte anterior; es el popular "blanco del ojo"

■ **coroides**
capa media del globo ocular provista de abundantes vasos sanguíneos que se encarga de proporcionar nutrición a los elementos carentes de irrigación propia

■ **nervio óptico**
conjunto de fibras nerviosas encargadas de conducir los impulsos generados en la retina hacia el cerebro

■ **retina**
capa interna del globo ocular provista de células fotosensibles capaces de transformar los estímulos lumínicos en impulsos nerviosos

### El nervio óptico

El nervio óptico está formado por las prolongaciones de las células nerviosas de la retina que llevan al cerebro las señales desencadenadas por los estímulos luminosos procedentes del exterior.

## LA VISTA

# EL MILAGRO DE LA VISIÓN

La percepción visual del mundo que nos rodea depende de un complejo mecanismo denominado refracción ocular, gracias al cual los rayos lumínicos procedentes de los objetos situados en nuestro campo de visión penetran en el ojo y son enfocados sobre la superficie de la retina. Pero ocurre algo muy curioso: las imágenes de los objetos se enfocan sobre la retina en posición invertida, aunque luego el cerebro las interpreta automáticamente en su posición correcta.

### DE CERCA O DE LEJOS

Para ver bien un objeto, es preciso enfocar nuestra mirada sobre él: si vemos a la perfección lo que está muy cerca, no distinguiremos con nitidez lo que está lejos y, viceversa, si miramos a la lejanía, no percibiremos con todo detalle lo más próximo. Por fortuna, los cambios de foco se realizan automáticamente: basta con que miremos lo que pretendemos ver para que los ojos lo enfoquen como corresponde.

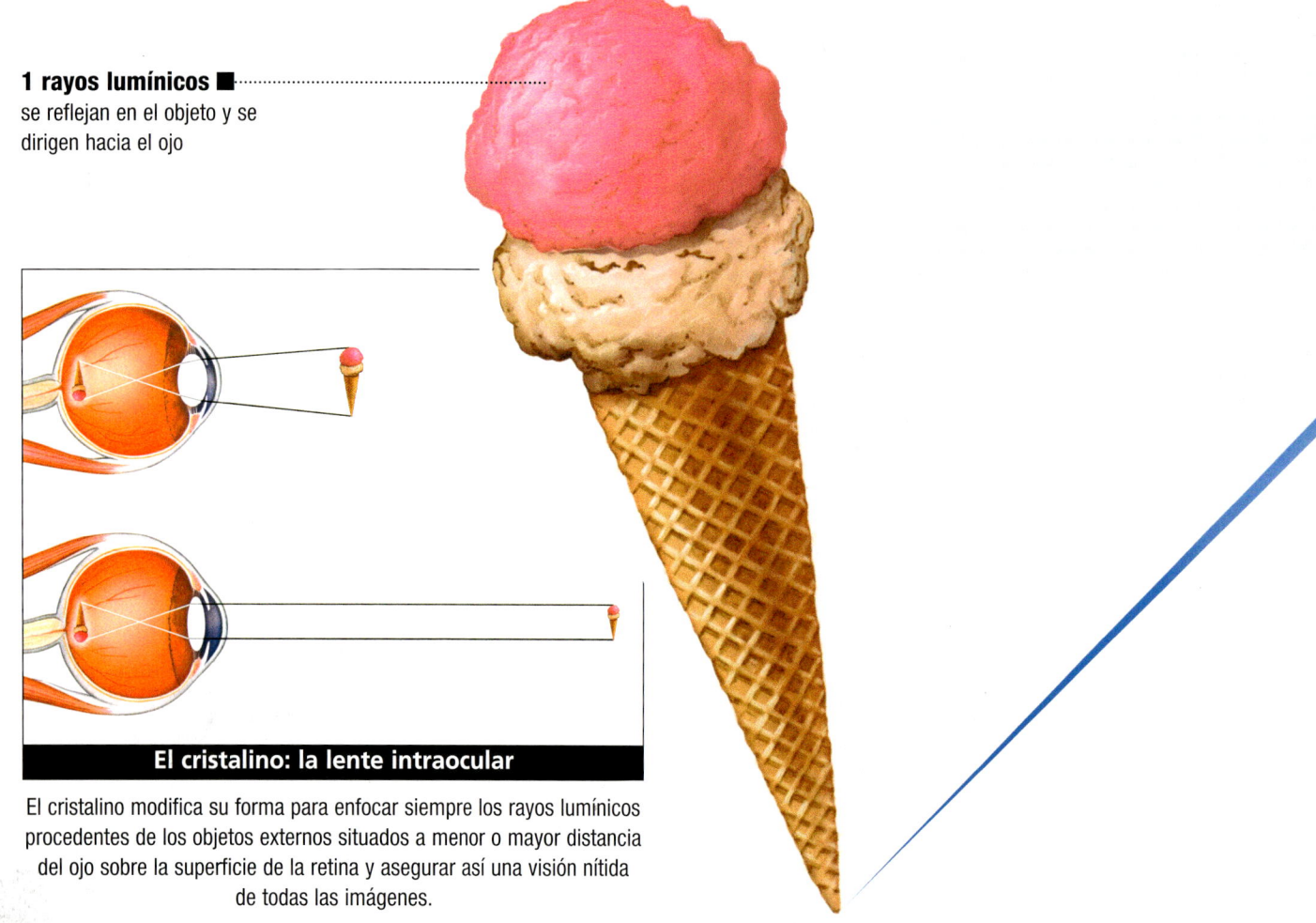

**1 rayos lumínicos** ■
se reflejan en el objeto y se dirigen hacia el ojo

**2 córnea y cristalino** ■
desvían los rayos lumínicos para enfocarlos sobre la retina

**El cristalino: la lente intraocular**

El cristalino modifica su forma para enfocar siempre los rayos lumínicos procedentes de los objetos externos situados a menor o mayor distancia del ojo sobre la superficie de la retina y asegurar así una visión nítida de todas las imágenes.

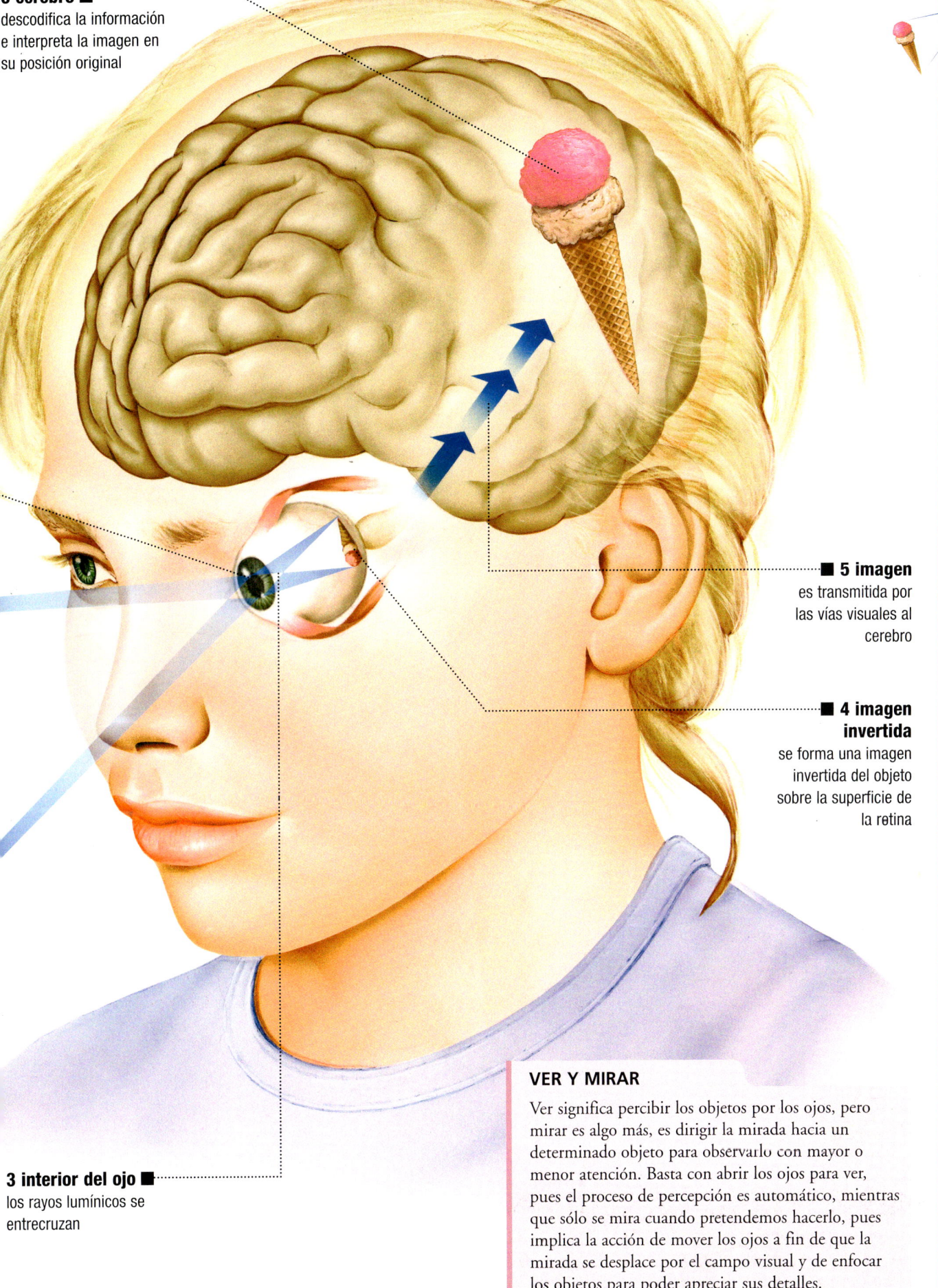

**6 cerebro** ■
descodifica la información e interpreta la imagen en su posición original

LA VISTA

**5 imagen** ■
es transmitida por las vías visuales al cerebro

**4 imagen invertida** ■
se forma una imagen invertida del objeto sobre la superficie de la retina

**3 interior del ojo** ■
los rayos lumínicos se entrecruzan

### VER Y MIRAR

Ver significa percibir los objetos por los ojos, pero mirar es algo más, es dirigir la mirada hacia un determinado objeto para observarlo con mayor o menor atención. Basta con abrir los ojos para ver, pues el proceso de percepción es automático, mientras que sólo se mira cuando pretendemos hacerlo, pues implica la acción de mover los ojos a fin de que la mirada se desplace por el campo visual y de enfocar los objetos para poder apreciar sus detalles.

10
11

## LA VISTA
# EL MUNDO EN COLOR

La retina del ojo contiene fotorreceptores, células que reaccionan a los rayos lumínicos y generan los impulsos nerviosos que el cerebro interpreta como imágenes. Unos fotorreceptores, llamados bastones, se estimulan de noche o cuando hay poca luz, y sólo permiten una visión en blanco y negro, mientras que otros, denominados conos, se activan de día o en ambientes bien iluminados y detectan los colores. El órgano visual está dotado de tres tipos de conos, cada uno sensible a un color primario –azul, rojo y verde–, cuya estimulación simultánea es, precisamente, lo que nos permite ver el mundo en infinidad de colores.

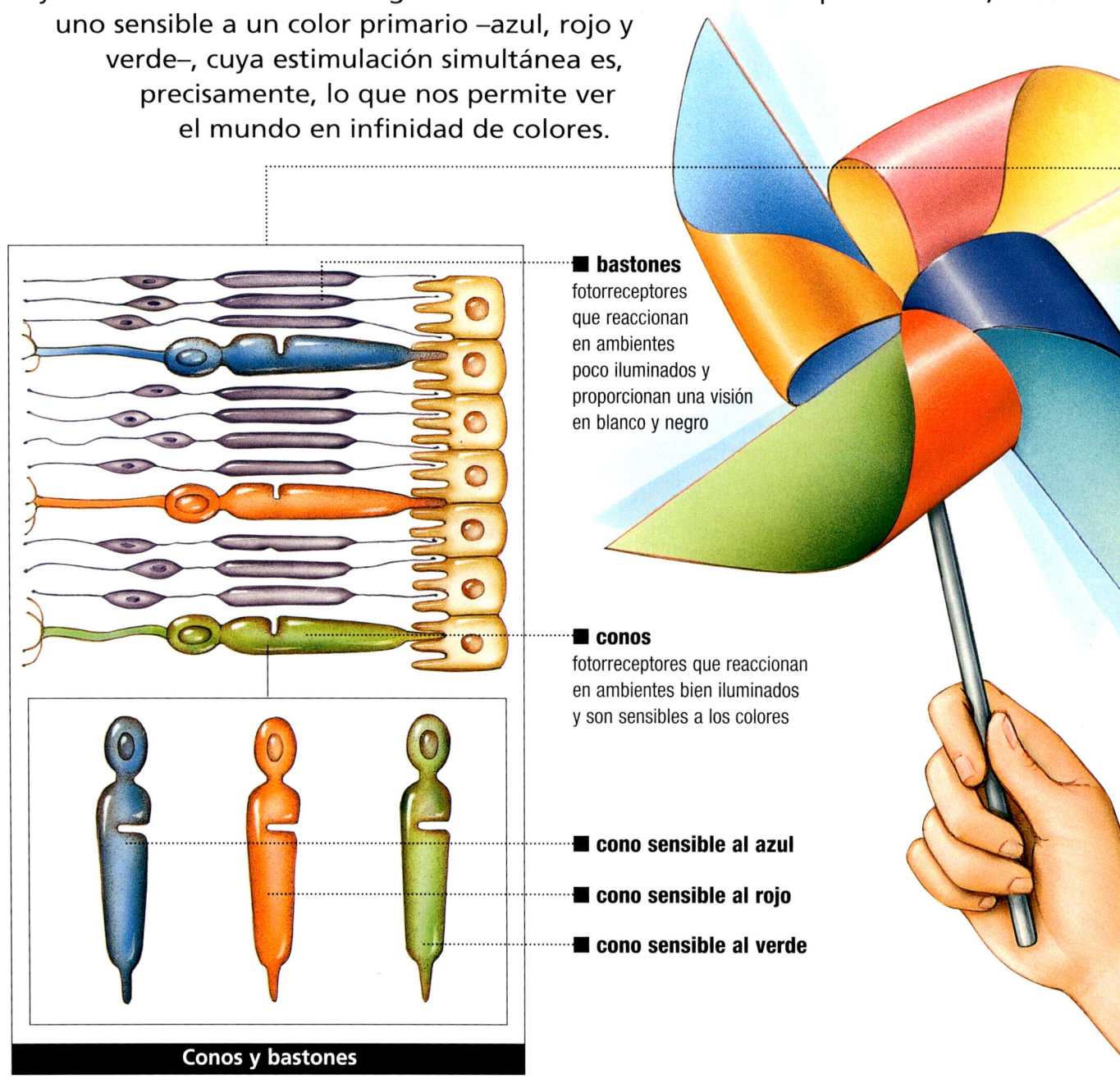

■ **bastones**
fotorreceptores que reaccionan en ambientes poco iluminados y proporcionan una visión en blanco y negro

■ **conos**
fotorreceptores que reaccionan en ambientes bien iluminados y son sensibles a los colores

■ **cono sensible al azul**
■ **cono sensible al rojo**
■ **cono sensible al verde**

**Conos y bastones**
Los diferentes tipos de conos reaccionan con mayor o menor intensidad ante los diversos colores.
Su estimulación parcial genera múltiples combinaciones y permite al cerebro percibir cientos de colores y matices cromáticos.

## DALTONISMO

Alrededor del 5 % de los varones y el 1 % de las mujeres no perciben o distinguen bien todos los colores, sobre todo el rojo y el verde: sufren un trastorno hereditario conocido como daltonismo y denominado así en honor a John Dalton, prestigioso químico y físico británico, autor de la teoría atómica, que padecía este problema y lo describió con máxima precisión hacia finales del siglo XVIII.

**LA VISTA**

**retina** ■
capa interna del ojo donde se encuentran los fotorreceptores

## PRIVILEGIO DE MUY POCOS

La capacidad de ver y distinguir una amplia gama de colores sólo está en poder de los humanos y de los primates. Para otras especies como peces, pájaros y la mayoría de insectos esta capacidad está mucho más restringida, y en casi todos los mamíferos su visión sólo alcanza a distinguir entre blanco y negro, y varias tonalidades de grises.

## VER EN LA OSCURIDAD

Al pasar de un sitio iluminado a otro oscuro o cuando se apaga la luz, ¡no vemos nada! Por suerte, se trata de un fenómeno pasajero: poco a poco, los bastones, que son los fotorreceptores capaces de funcionar en condiciones de escasa luz, se activan y empezamos a distinguir algo, al principio sombras difuminadas y luego, siluetas más nítidas. Pero nunca es de inmediato: tenemos que dejar transcurrir unos minutos para que nuestros ojos se acostumbren a la oscuridad.

## LA VISTA

# ASÍ SE FORMAN LAS IMÁGENES

Los estímulos que provocan los rayos lumínicos al impactar en la retina del ojo deben seguir un largo recorrido para llegar a su destino: el área visual situada en la corteza cerebral del lóbulo occipital. En esta zona, por complejos mecanismos que todavía hoy nos resultan misteriosos, los impulsos nerviosos son descodificados, se transforman en sensaciones visuales y las percepciones se hacen conscientes: surgen las imágenes que constituyen una representación visual de los objetos.

■ campo visual

### VISIÓN TRIDIMENSIONAL

La visión simultánea con ambos ojos, separados entre sí varios centímetros y a cuyas retinas llegan unas imágenes ligeramente diferentes de todo lo que miramos, nos proporciona una visión estereoscópica en tres dimensiones que permite apreciar el relieve de los objetos y juzgar su profundidad.

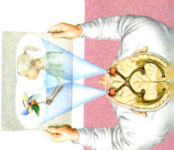

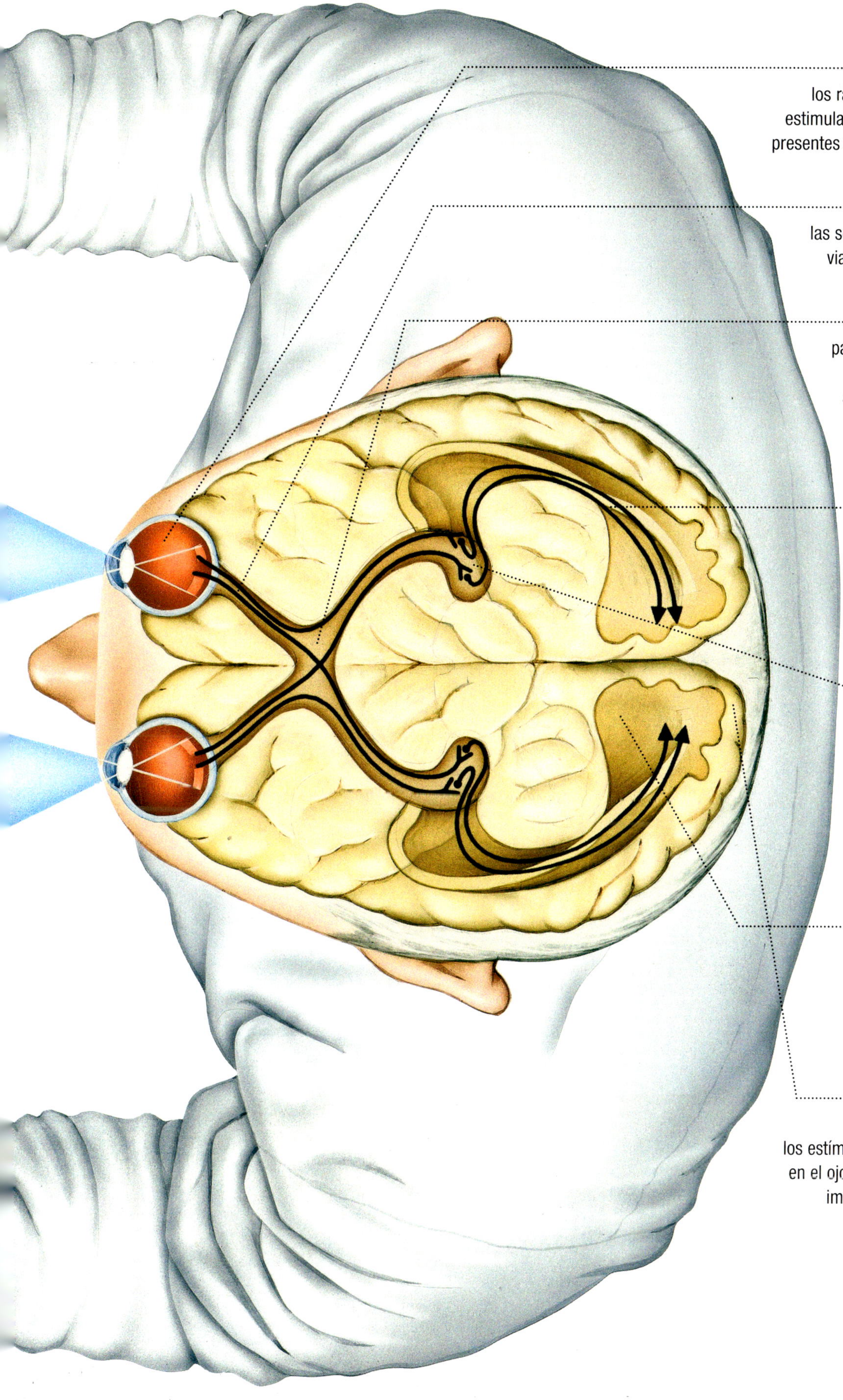

## LA VISTA

### ■ 1 globo ocular
los rayos lumínicos provocan la estimulación de los fotorreceptores presentes en la retina de ambos ojos

### ■ 2 nervio óptico
las señales generadas en el ojo viajan por los nervios ópticos

### ■ 3 quiasma óptico
parte de las fibras nerviosas se entrecruzan, para que sigan su camino juntos los estímulos procedentes de ambos ojos

### ■ 4 cintilla óptica
las señales continúan su recorrido hasta una estructura cerebral denominada tálamo óptico

### ■ 5 cuerpo geniculado
en los cuerpos geniculados del tálamo óptico hay una estación de enlace donde las señales se transmiten a otras fibras nerviosas

### ■ 6 radiaciones ópticas
las señales siguen su camino hacia el lóbulo occipital del cerebro

### ■ 7 área visual de la corteza cerebral
los estímulos nerviosos generados en el ojo son descodificados y las imágenes visuales se hacen conscientes

**LA AUDICIÓN Y EL EQUILIBRIO**

# CAPTAR LOS SONIDOS

El oído es un órgano extraordinario del que sólo podemos ver la porción más externa, pues el resto se encuentra situado en el interior del cráneo. Aunque todos sabemos que es responsable de la audición ya que, gracias a él, podemos oír los sonidos que se producen a nuestro alrededor, muchas veces no se tiene en cuenta que participa también en otro sentido, el del equilibrio corporal, que nos permite mantenernos de pie o realizar movimientos y piruetas sin caernos.

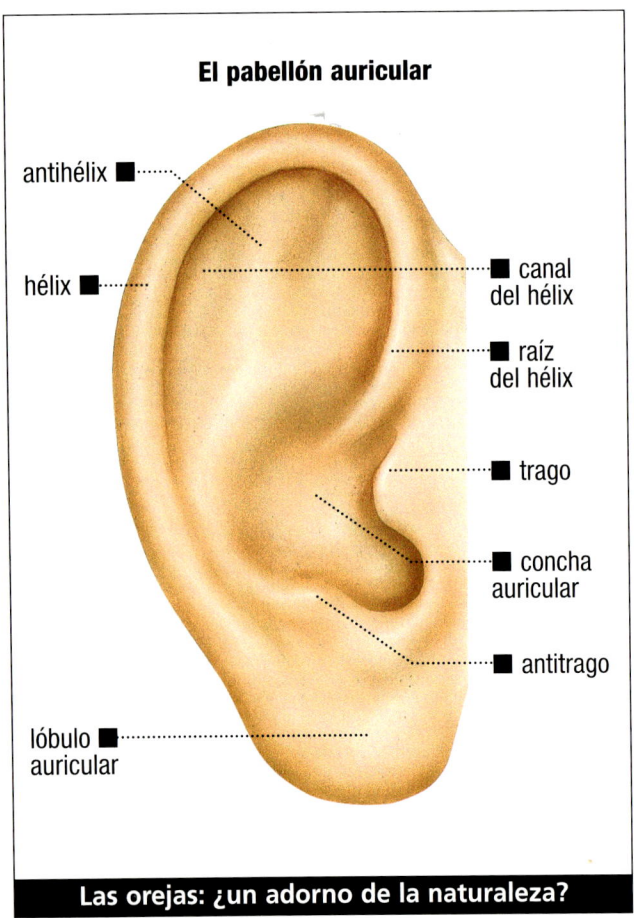

**El pabellón auricular**

- antihélix
- hélix
- canal del hélix
- raíz del hélix
- trago
- concha auricular
- antitrago
- lóbulo auricular

**Las orejas: ¿un adorno de la naturaleza?**

En el ser humano, los pabellones auriculares, tal como se denominan con propiedad las orejas, apenas cumplen una función relevante, a diferencia de lo que ocurre en los animales, que pueden moverlos para "enfocar" los sonidos: si no tuviéramos orejas, nuestra capacidad de audición prácticamente sería la misma.

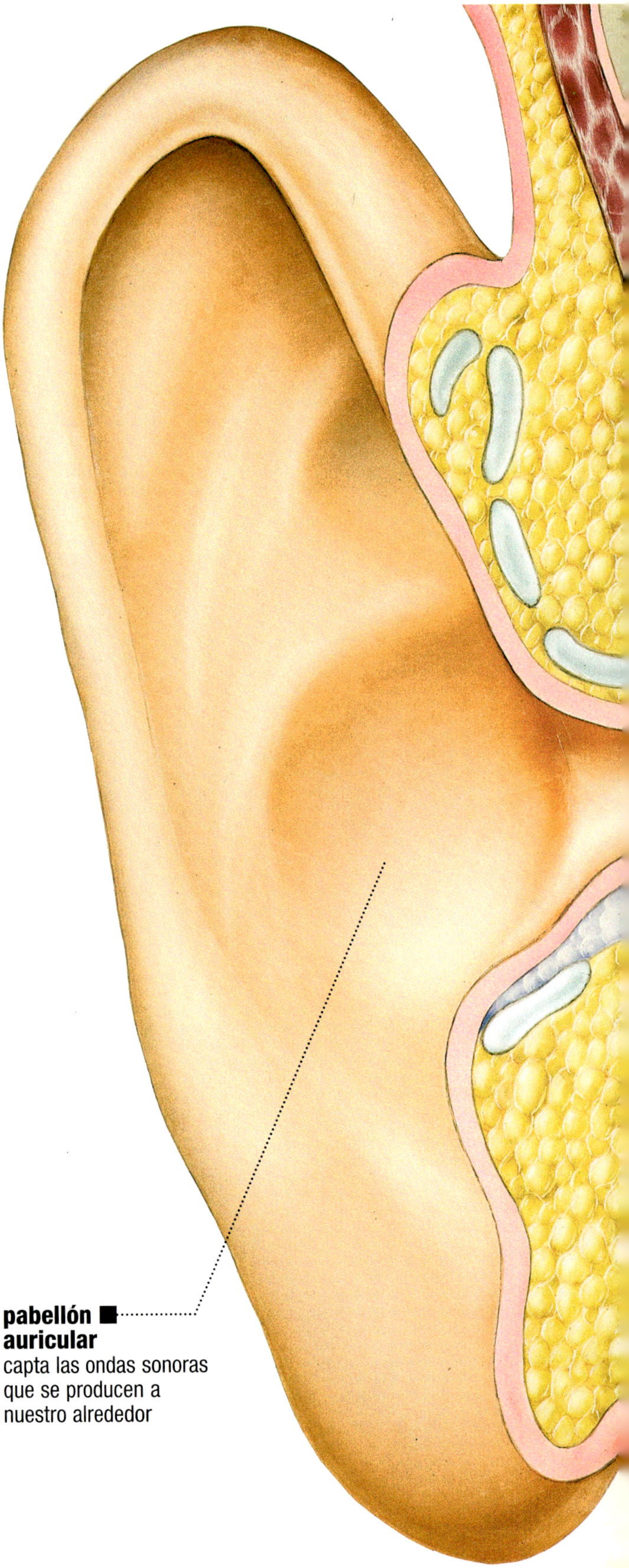

**pabellón auricular** capta las ondas sonoras que se producen a nuestro alrededor

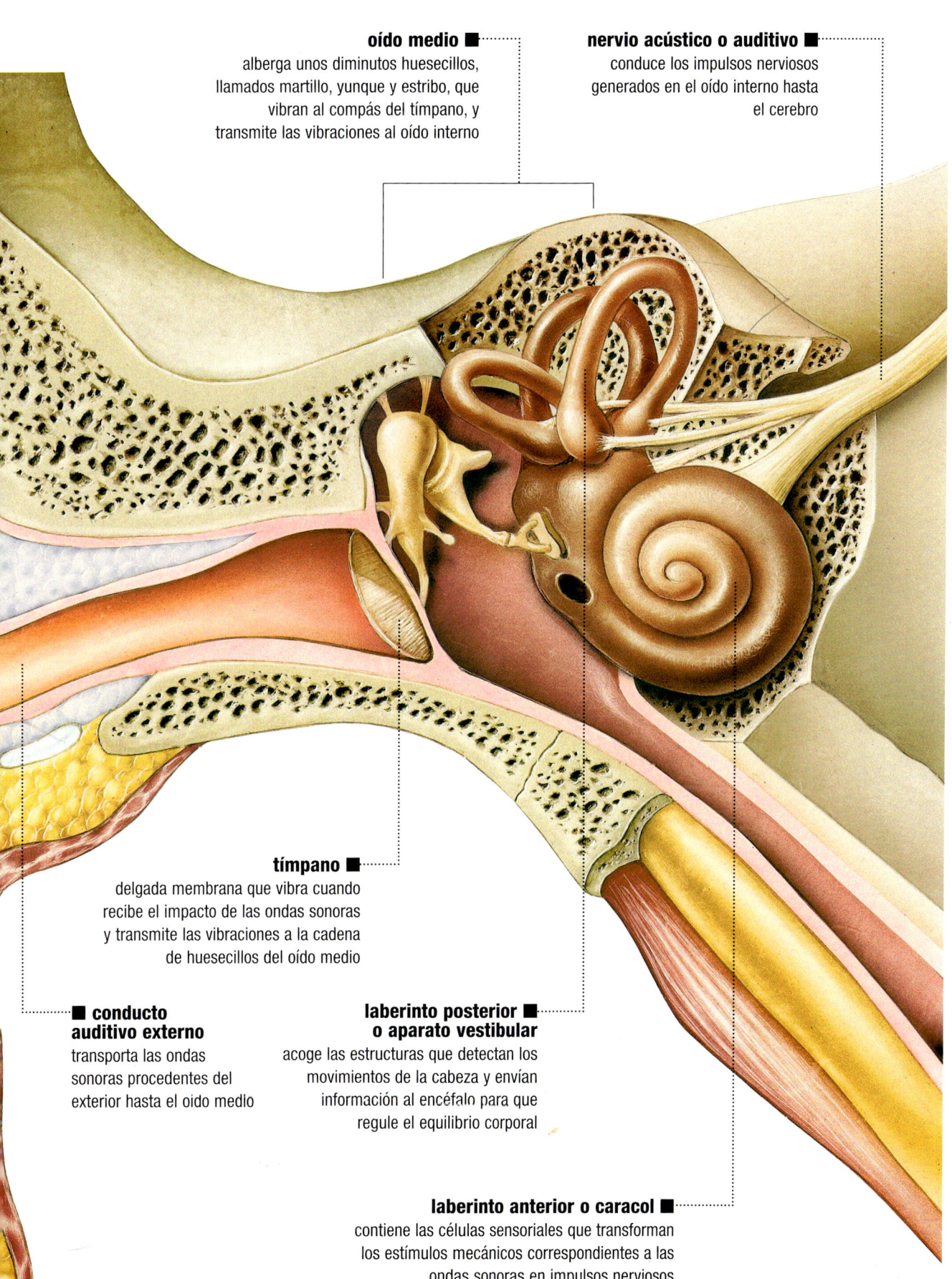

LA AUDICIÓN Y EL EQUILIBRIO

# HOLA... TE OIGO

La audición es el sentido que nos permite transformar unos estímulos mecánicos, como son las ondas sonoras –las vibraciones de las moléculas de aire que se expanden desde el punto donde se produce un sonido–, en estímulos nerviosos, que el cerebro interpreta como sonidos conscientes. Se trata de un sentido muy importante para percibir lo que ocurre a nuestro alrededor, pero sobre todo constituye una herramienta fundamental de la comunicación y el lenguaje hablado, principal medio de relación entre los seres humanos.

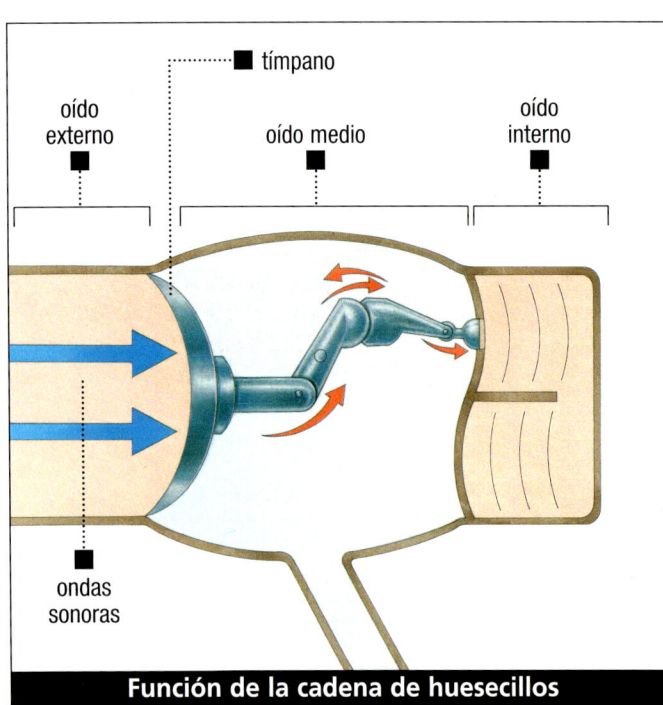

**Función de la cadena de huesecillos**

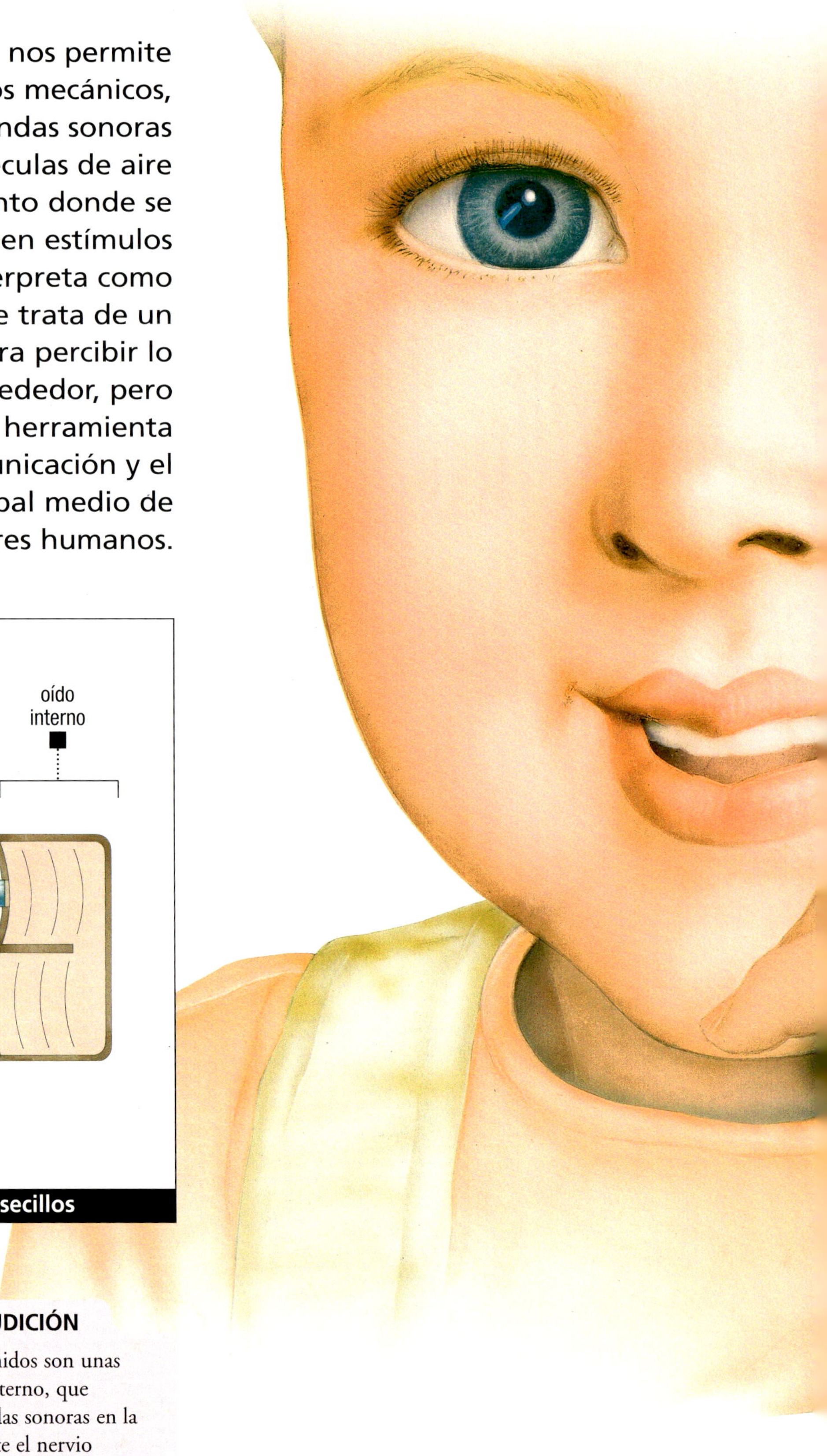

### EL VERDADERO ÓRGANO DE LA AUDICIÓN

Las responsables de que percibamos los sonidos son unas células sensoriales, localizadas en el oído interno, que transforman la energía mecánica de las ondas sonoras en la energía eléctrica de las señales que transmite el nervio auditivo al cerebro. Estas células constituyen el denominado órgano de Corti, el auténtico órgano de la audición.

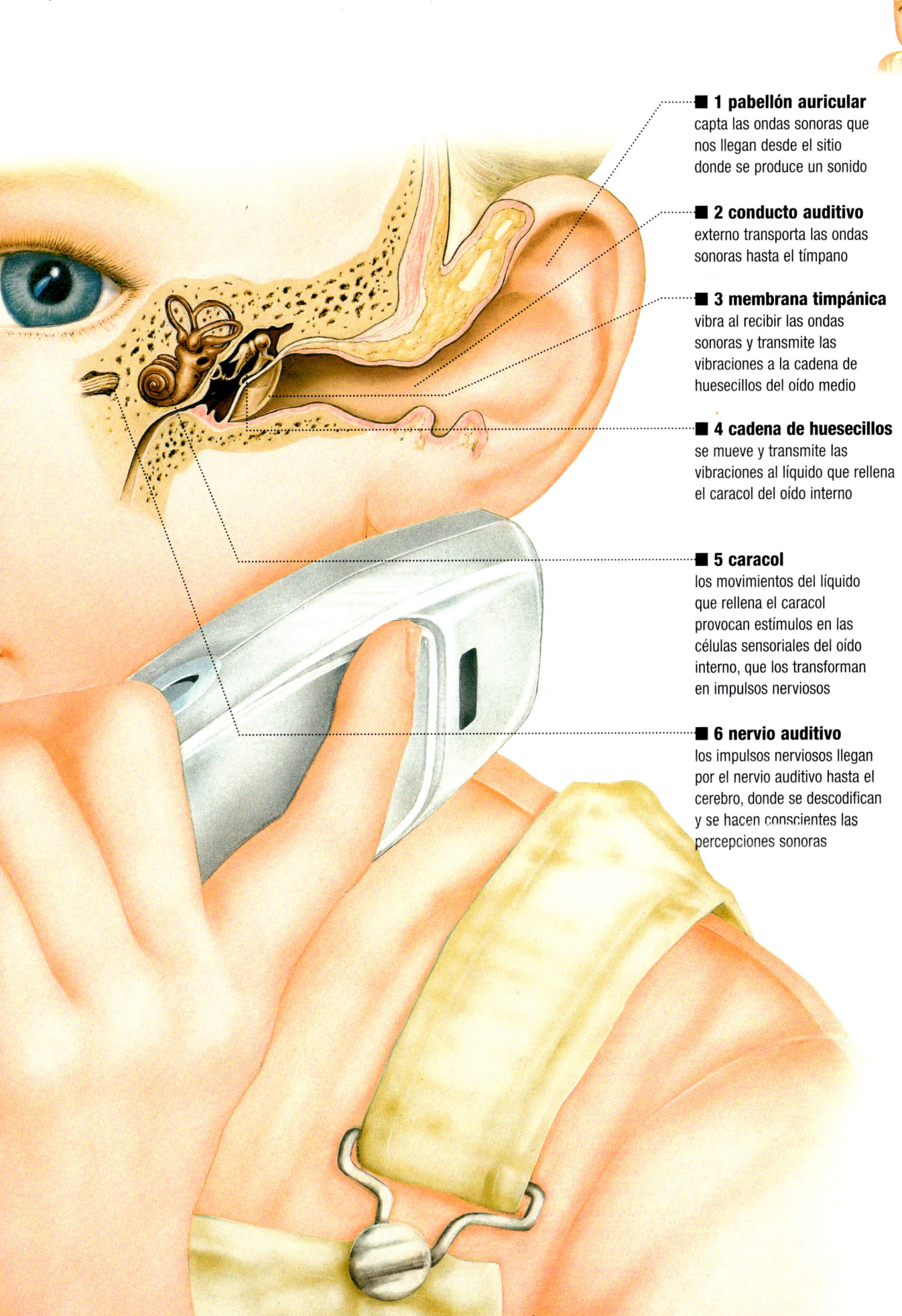

**LA AUDICIÓN Y EL EQUILIBRIO**

■ **1 pabellón auricular**
capta las ondas sonoras que nos llegan desde el sitio donde se produce un sonido

■ **2 conducto auditivo**
externo transporta las ondas sonoras hasta el tímpano

■ **3 membrana timpánica**
vibra al recibir las ondas sonoras y transmite las vibraciones a la cadena de huesecillos del oído medio

■ **4 cadena de huesecillos**
se mueve y transmite las vibraciones al líquido que rellena el caracol del oído interno

■ **5 caracol**
los movimientos del líquido que rellena el caracol provocan estímulos en las células sensoriales del oído interno, que los transforman en impulsos nerviosos

■ **6 nervio auditivo**
los impulsos nerviosos llegan por el nervio auditivo hasta el cerebro, donde se descodifican y se hacen conscientes las percepciones sonoras

LA AUDICIÓN Y EL EQUILIBRIO

# ¡NO ME CAIGO!

A diferencia de los cinco sentidos básicos, que nos brindan información procedente del exterior, el sentido del equilibrio tiene otra misión: proporcionar información al cerebro sobre la posición de nuestro cuerpo y de los movimientos que efectuamos para que ajuste la tensión de los distintos músculos y no nos caigamos al suelo, algo de la máxima importancia para unos seres que, a diferencia de la gran mayoría de los animales terrestres, nos desplazamos sólo sobre dos extremidades.

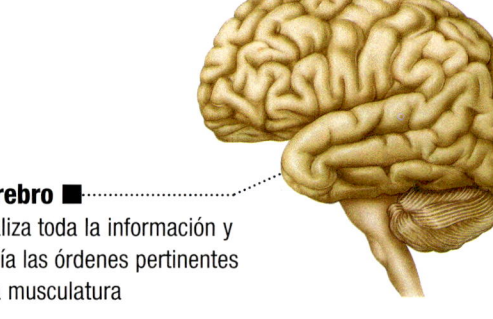

**cerebro** ■
analiza toda la información y envía las órdenes pertinentes a la musculatura

**ojos** ■
proporcionan al cerebro una idea global de la situación del cuerpo y puntos de referencia externos

### VUELTAS Y MÁS VUELTAS

Comprobar la importancia del equilibrio es muy fácil cuando se produce un fallo del sistema: nos mareamos y nos podemos caer al suelo. Puedes comprobarlo de una manera muy sencilla, pues basta con que gires rápido varias veces sobre ti mismo con los ojos cerrados y luego te detengas de golpe y los abras: te parecerá que todo da vueltas a tu alrededor, los músculos probablemente te fallarán y tenderás a caerte. Esto se debe a que el líquido que rellena los canales semicirculares del aparato vestibular todavía estará en movimiento y el cerebro tardará un poco en advertir que la información que recibe del oído interno no se ajusta a la realidad, que los giros han cesado. Pero no te preocupes, porque el cerebro pronto advertirá lo que sucede y todo volverá a la normalidad.

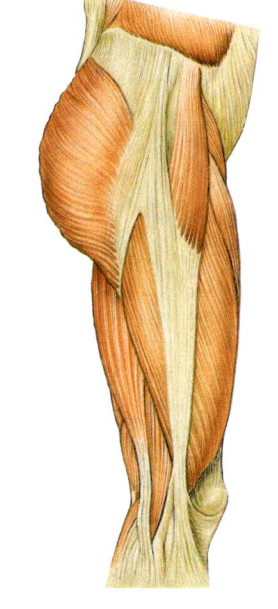

**músculos** ■
unos se contraen y otros se relajan, a fin de mantener una posición o efectuar movimientos sin sucumbir a la fuerza de gravedad

**receptores de las articulaciones** ■
proporcionan información al cerebro sobre las posiciones relativas de las distintas partes del cuerpo

## LA AUDICIÓN Y EL EQUILIBRIO

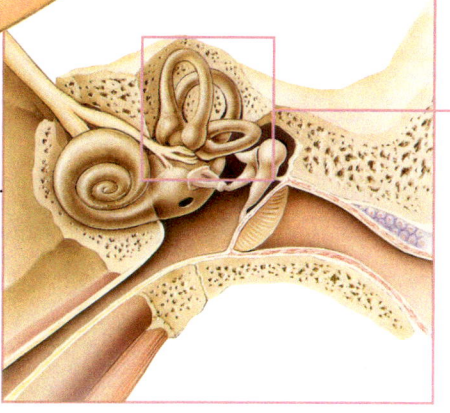

■ **aparato vestibular**
informa al cerebro sobre la posición y los movimientos de la cabeza

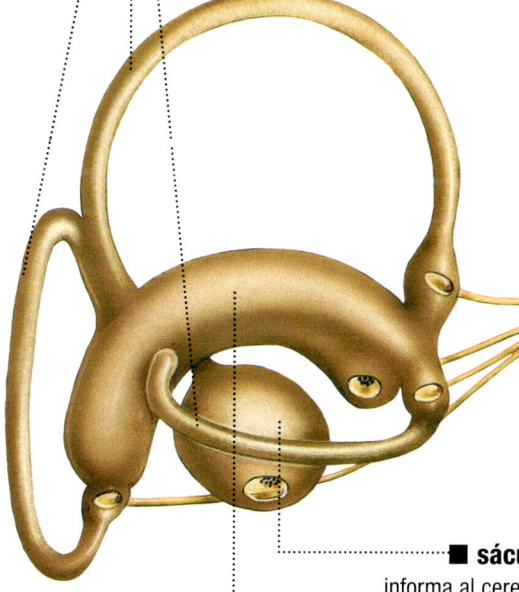

■ **canales semicirculares**
informan al cerebro sobre los movimientos rotatorios de la cabeza en todos los planos espaciales

**nervio vestibular** ■
transmite la información al cerebro

■ **sáculo**
informa al cerebro sobre la posición de la cabeza y los movimientos lineales en el plano vertical

**utrículo** ■
proporciona información al cerebro sobre la posición de la cabeza y los movimientos lineales en el plano horizontal

20
21

## EL TACTO

# RECONOCER LO QUE TOCAMOS

El tacto es el sentido que nos permite reconocer las cualidades palpables de los objetos: su forma y dimensiones, si la superficie es lisa y suave o áspera y rugosa, si tienen una temperatura fría o caliente, e infinidad de detalles más. El órgano que alberga este sentido es la piel, sobre todo la de las manos y especialmente la de las yemas de los dedos, en cuyo espesor se encuentran diversos tipos de receptores especializados que son capaces de detectar distintas clases de estímulos.

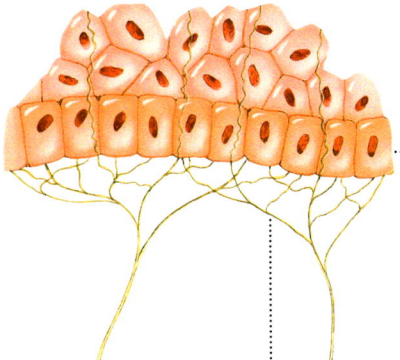

**terminaciones nerviosas libres** ■
perciben estímulos táctiles pero, sobre todo, reaccionan ante los estímulos dolorosos

**epidermis** ■
capa superficial de la piel

**corpúsculos de Meissner** ■
muy abundantes en las yemas de los dedos y en los labios, responden a los estímulos táctiles

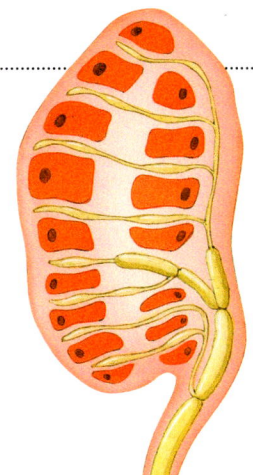

**dermis** ■
capa intermedia de la piel

**hipodermis** ■
capa profunda de la piel

### EL MÁS PRECOZ DE LOS SENTIDOS

A partir de la semana trece de gestación ya empiezan a desarrollarse los receptores de sensibilidad de la piel en el feto. El tacto será el primer sentido con el que el bebé empieza a relacionarse con su entorno más inmediato.

## ENTRENANDO EL TACTO

El tacto es un sentido que se puede perfeccionar con el oportuno entrenamiento: así lo hacen los médicos que practican para apreciar mínimas diferencias al palpar el cuerpo de sus pacientes, los escultores y artesanos para quienes el tacto es una herramienta fundamental, los técnicos que manipulan piezas diminutas... Y las personas invidentes, que pueden suplir en parte su déficit visual con el tacto y, por ejemplo, aprenden a leer en sistema Braille.

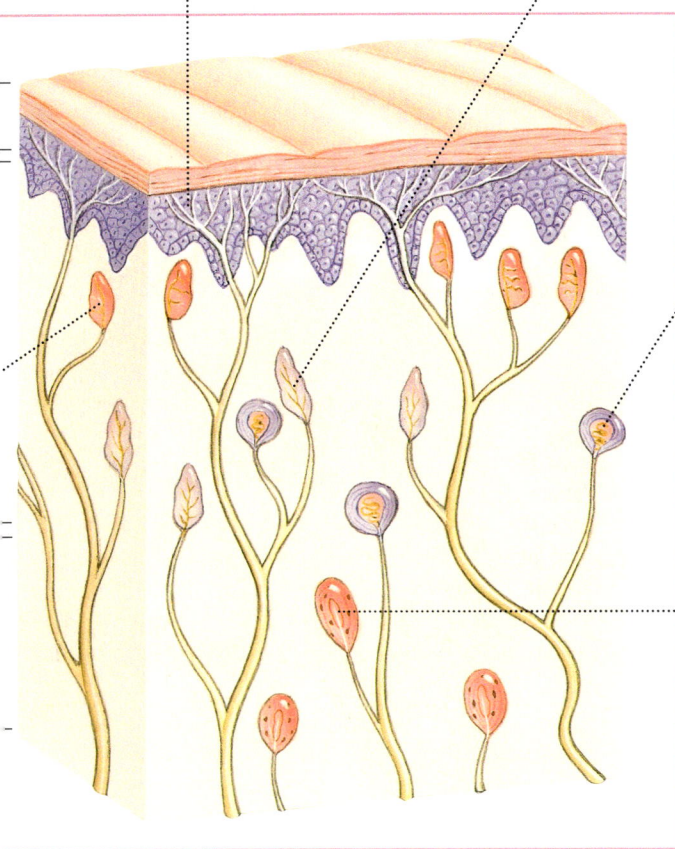

■ **corpúsculos de Ruffini**
detectan estímulos térmicos y, sobre todo, son sensibles al calor

■ **corpúsculos de Krause**
detectan estímulos térmicos y, sobre todo, son sensibles al frío

■ **corpúsculos de Vater-Pacini**
perciben los cambios de presión y las vibraciones que se producen sobre la piel

**EL OLFATO**

# ¡QUÉ BIEN HUELE!

El olfato es el sentido por el cual detectamos los olores, las sensaciones que nos producen multitud de sustancias volátiles que penetran en la nariz cuando inspiramos aire. Puede tratarse de aromas agradables de comidas que nos abren el apetito o de perfumes que nos causan placer, pero también de olores fuertes que nos resultan desagradables y, por lo común, constituyen una advertencia de peligro, como ocurre con un alimento en mal estado o ante la presencia de un gas tóxico.

**OLORES INTENSOS**

Cuando estamos expuestos mucho tiempo a los olores intensos, tanto agradables como desagradables, las células olfatorias se "fatigan" y ya no reaccionan ante los estímulos: por eso, nos "acostumbramos" a los olores muy fuertes y, al cabo de un tiempo, apenas los percibimos.

**2 células olfatorias** ■
generan impulsos nerviosos que se transmiten hasta el bulbo olfatorio

**1 epitelio olfatorio** ■
las diminutas pestañas de las células olfatorias reaccionan al contacto con las partículas volátiles presentes en el aire inspirado

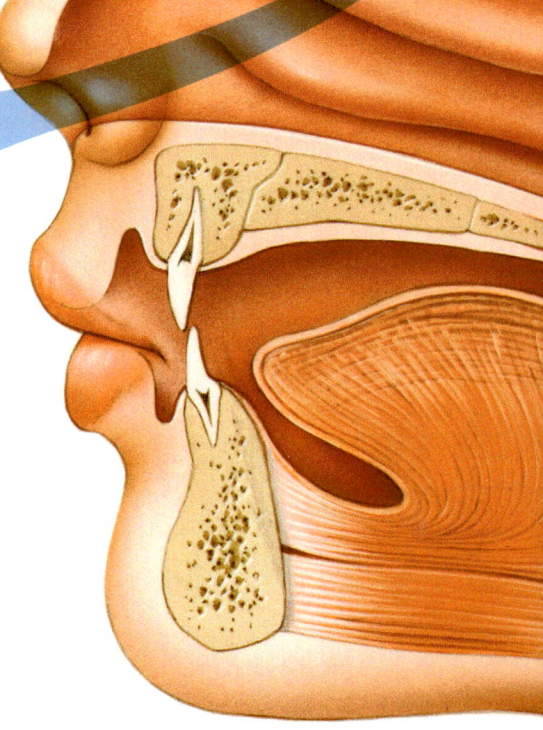

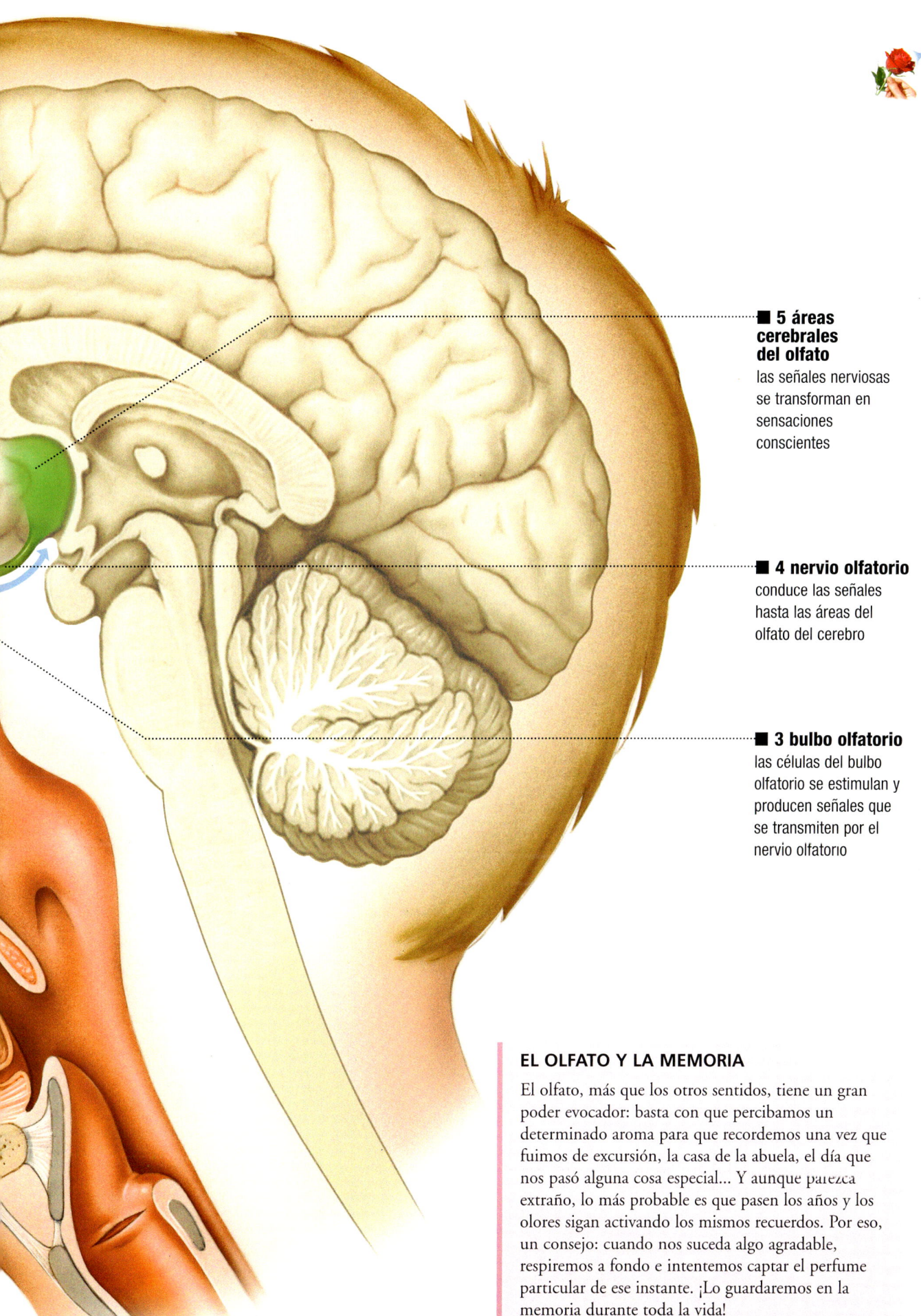

## EL OLFATO

■ **5 áreas cerebrales del olfato**
las señales nerviosas se transforman en sensaciones conscientes

■ **4 nervio olfatorio**
conduce las señales hasta las áreas del olfato del cerebro

■ **3 bulbo olfatorio**
las células del bulbo olfatorio se estimulan y producen señales que se transmiten por el nervio olfatorio

### EL OLFATO Y LA MEMORIA

El olfato, más que los otros sentidos, tiene un gran poder evocador: basta con que percibamos un determinado aroma para que recordemos una vez que fuimos de excursión, la casa de la abuela, el día que nos pasó alguna cosa especial... Y aunque parezca extraño, lo más probable es que pasen los años y los olores sigan activando los mismos recuerdos. Por eso, un consejo: cuando nos suceda algo agradable, respiremos a fondo e intentemos captar el perfume particular de ese instante. ¡Lo guardaremos en la memoria durante toda la vida!

### EL GUSTO

# TODOS LOS SABORES

El gusto es el sentido que nos permite reconocer unas características peculiares de los alimentos, de todo lo que comemos y bebemos: los sabores de todo aquello que nos llevamos a la boca. En la superficie de la lengua se hallan miles de diminutas papilas gustativas –los receptores del gusto–, que reaccionan con las sustancias químicas que se disuelven en la saliva y envían mensajes al cerebro para que se conviertan en sensaciones, algunas deliciosas y otras, por el contrario, sin duda desagradables.

**LA FUNCIÓN DEL GUSTO**

El gusto nos sirve para reconocer lo que comemos o bebemos, aunque lo hagamos con los ojos cerrados, pero tiene una función mucho más importante: cuando saboreamos una comida que nos gusta, se produce un estímulo para la producción de los jugos digestivos y, de este modo, podemos aprovechar mejor los nutrientes que contienen los alimentos.

**¡SE ME HACE LA BOCA AGUA!**

Las sustancias químicas contenidas en los alimentos sólo estimulan a los receptores del gusto si están disueltas en saliva. Por eso, cuando vemos una comida muy rica, de manera refleja se produce mucha saliva.

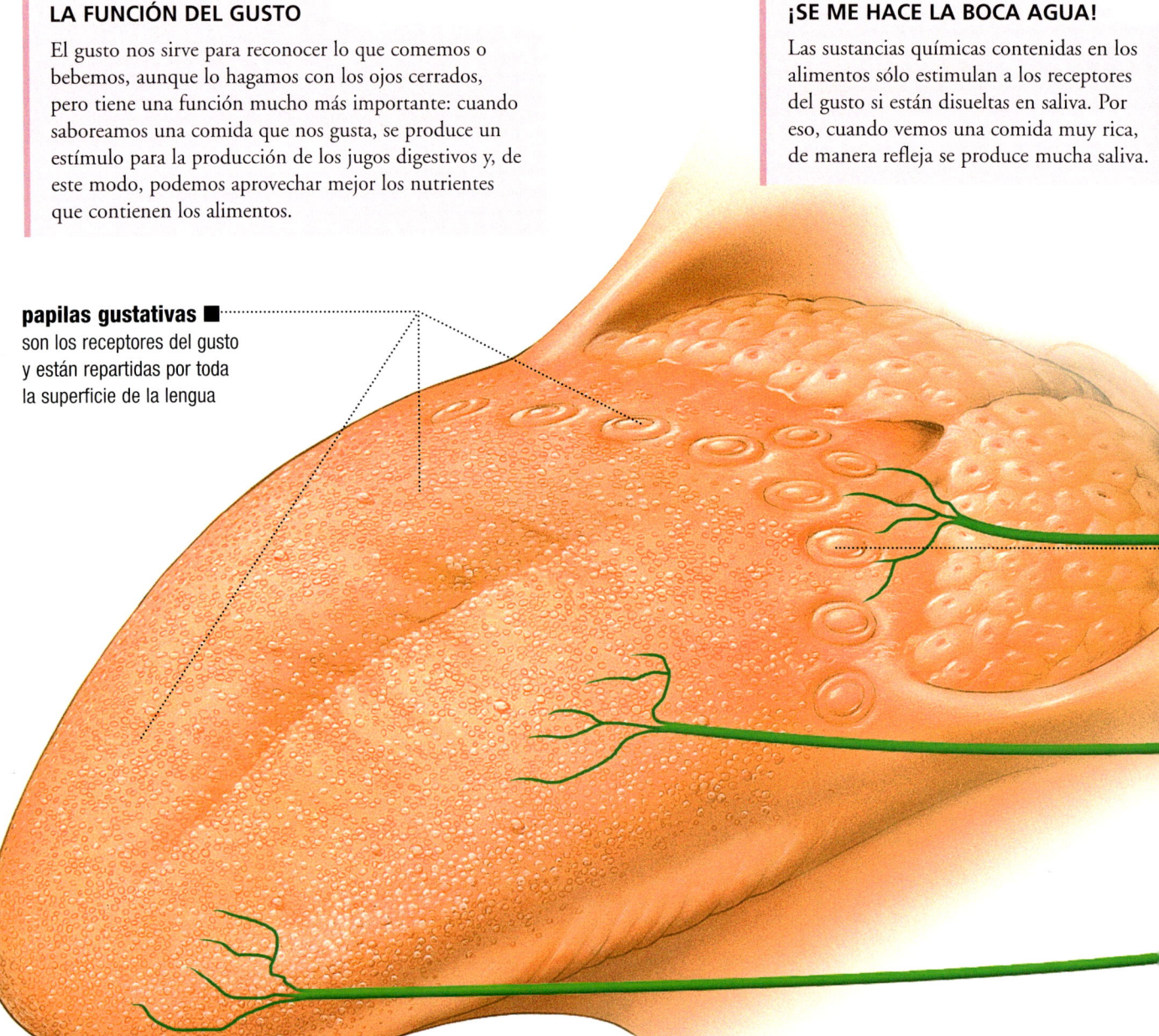

**papilas gustativas** ■
son los receptores del gusto y están repartidas por toda la superficie de la lengua

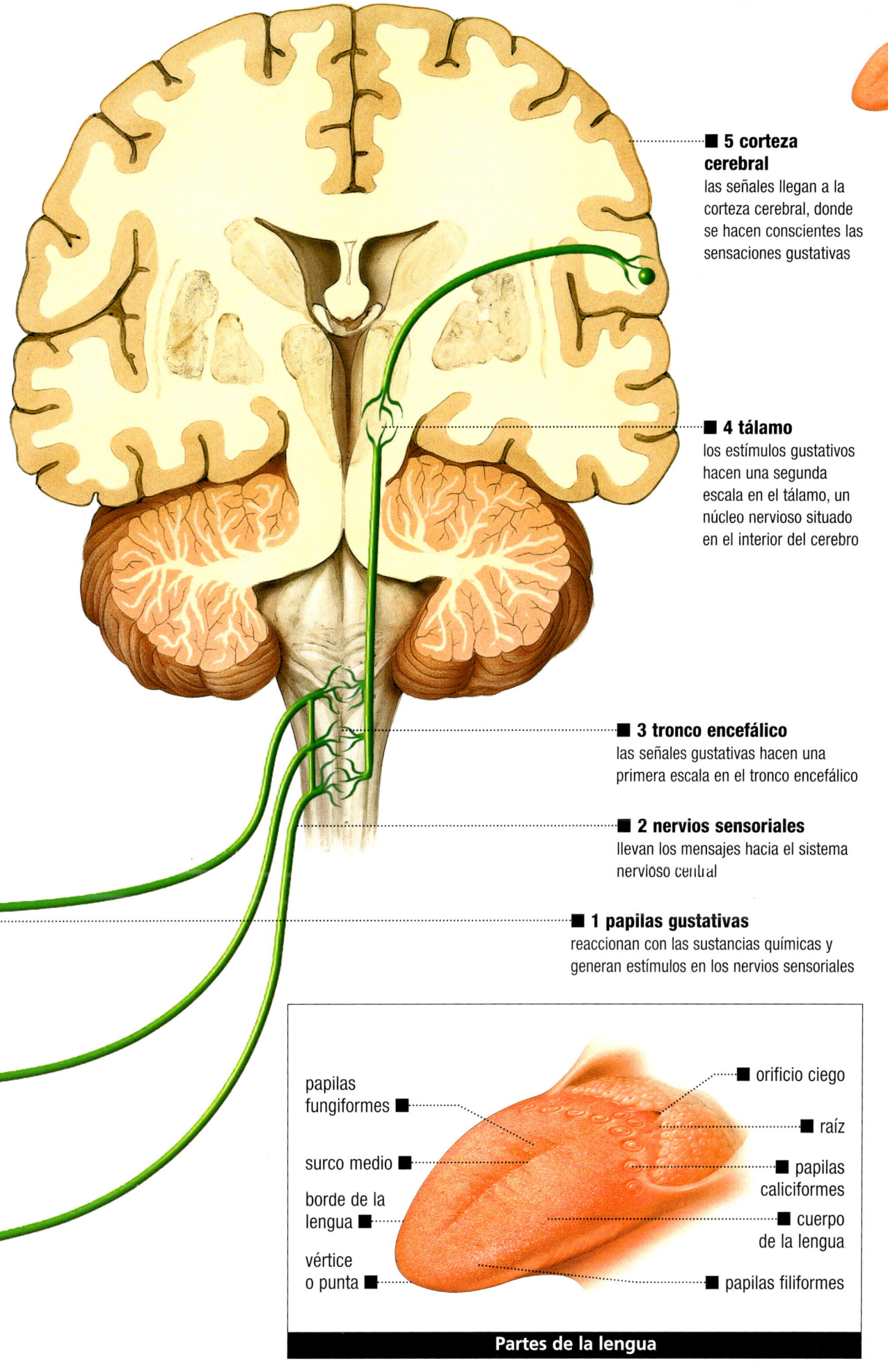

■ **5 corteza cerebral**
las señales llegan a la corteza cerebral, donde se hacen conscientes las sensaciones gustativas

■ **4 tálamo**
los estímulos gustativos hacen una segunda escala en el tálamo, un núcleo nervioso situado en el interior del cerebro

■ **3 tronco encefálico**
las señales gustativas hacen una primera escala en el tronco encefálico

■ **2 nervios sensoriales**
llevan los mensajes hacia el sistema nervioso central

■ **1 papilas gustativas**
reaccionan con las sustancias químicas y generan estímulos en los nervios sensoriales

papilas fungiformes ■
surco medio ■
borde de la lengua ■
vértice o punta ■
■ orificio ciego
■ raíz
■ papilas caliciformes
■ cuerpo de la lengua
■ papilas filiformes

**Partes de la lengua**

EL GUSTO

## EL GUSTO

# ¡QUÉ DULCE!

Las papilas gustativas son capaces de reconocer sólo cuatro sensaciones básicas: el dulce, el amargo, el ácido y el salado. Es el cerebro, al combinar estas sensaciones y también los estímulos procedentes del sentido del olfato, el que nos permite disfrutar de miles de sabores diferentes. Y aunque las papilas gustativas están distribuidas por toda la lengua, las que se especializan en reconocer las diversas sensaciones gustativas básicas están agrupadas en zonas específicas donde la percepción de cada una de ellas es más intensa.

### PREFERENCIAS PERSONALES

A casi todas las personas les gustan mucho los dulces, otras se inclinan por los productos salados, no muchas reaccionan con agrado ante los ácidos y a pocas les resulta placentero el amargo. Sin embargo, el sentido del gusto se puede "educar": hay comidas que no nos parecen sabrosas la primera vez que las probamos y, con el paso del tiempo, terminan por ser algunas de nuestras preferidas. Conviene atreverse y "aprender" a disfrutar de las múltiples combinaciones de sabores que nos ofrece la naturaleza.

**salado** ■
la zona de percepción del salado se sitúa en la parte anterior de la lengua, exceptuando la punta

**amargo** ■
la zona de percepción del amargo se localiza en la parte posterior de la lengua

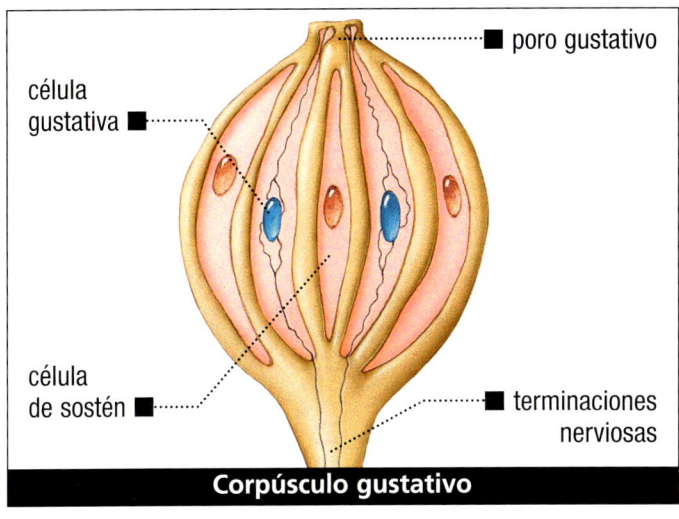

**Corpúsculo gustativo**
- poro gustativo
- célula gustativa
- célula de sostén
- terminaciones nerviosas

Los receptores del gusto son unos diminutos corpúsculos localizados en la superficie de la lengua que contienen varias células sensoriales y otras de sostén situadas alrededor de una cavidad central por donde penetran las sustancias químicas contenidas en la saliva. Cuando las células sensoriales resultan estimuladas, generan unos impulsos que salen por las terminaciones nerviosas y se dirigen hacia el cerebro.

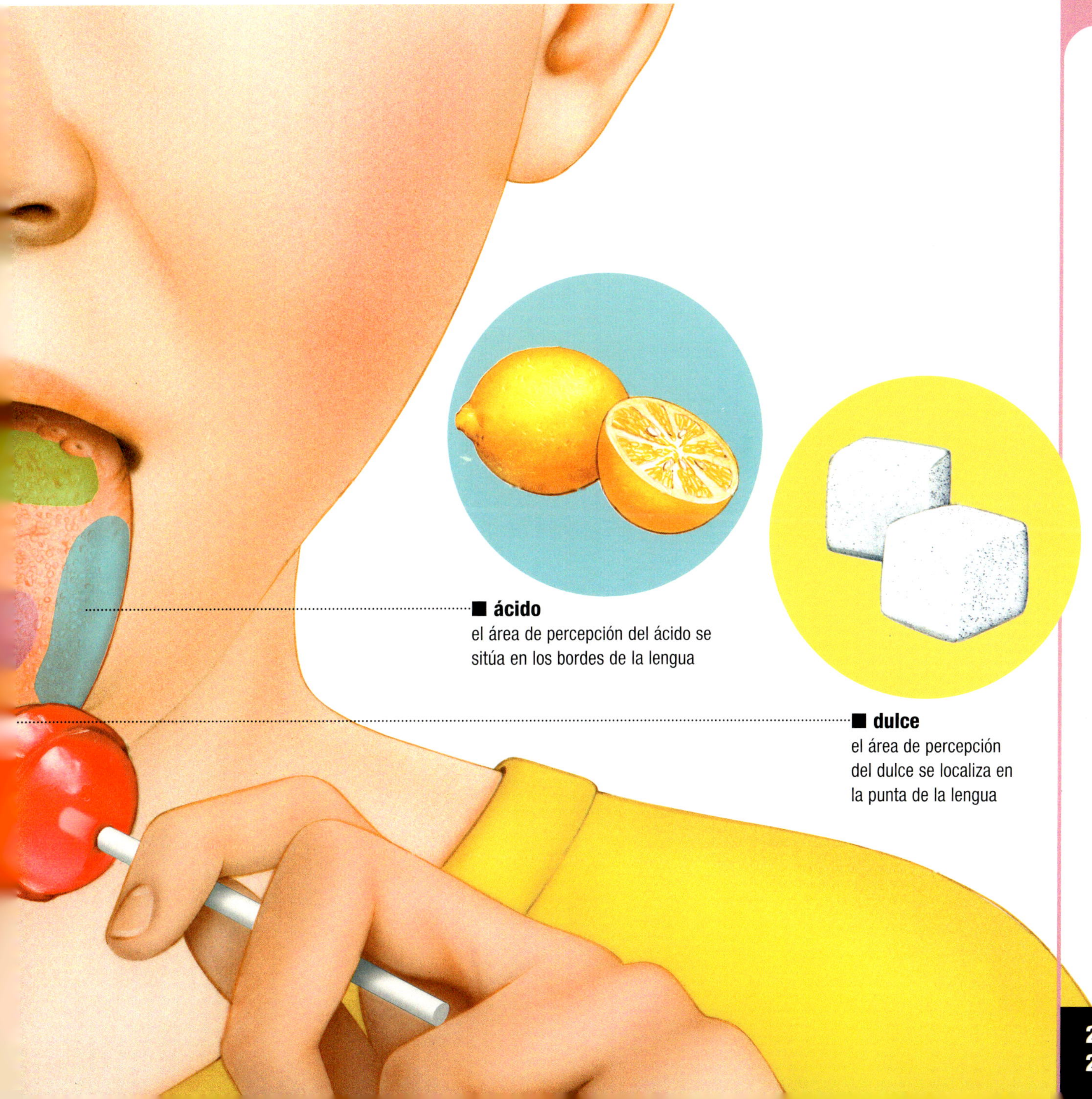

EL GUSTO

■ **ácido**
el área de percepción del ácido se sitúa en los bordes de la lengua

■ **dulce**
el área de percepción del dulce se localiza en la punta de la lengua

**CUERPO HUMANO**

# PARA SABER MÁS

### ¿DISTINGO BIEN LOS COLORES?

Para comprobar si la visión cromática funciona perfectamente y se perciben todos los tonos, sin confundirlos, suelen emplearse unas láminas que tienen puntos de colores distintos entre los cuales hay algunos de cierto color que forman letras o números. Mira con detenimiento estas láminas y, si tu visión de los colores es buena, podrás distinguir que, de izquierda a derecha y de arriba abajo, se forman los siguientes símbolos: 182, 13, F4 y 69.

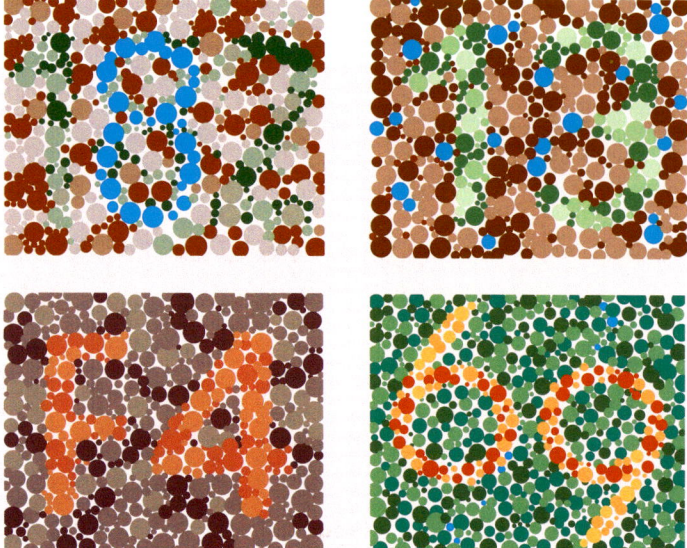

### ¿LO OÍMOS TODO?

El oído humano sólo puede captar ondas sonoras de una frecuencia comprendida entre 16 y 20.000 hertzios, es decir, vibraciones por segundo. Sin embargo, hay animales capaces de percibir ondas sonoras que para nosotros son inaudibles: las que tienen frecuencias inferiores a 20 hertzios, o infrasonidos y, sobre todo, las que son superiores a 20.000 hertzios, o ultrasonidos. Es así, por ejemplo, que se puede llamar a un perro usando un silbato de ultrasonidos que el animal percibe con claridad y nosotros no advertimos en absoluto.

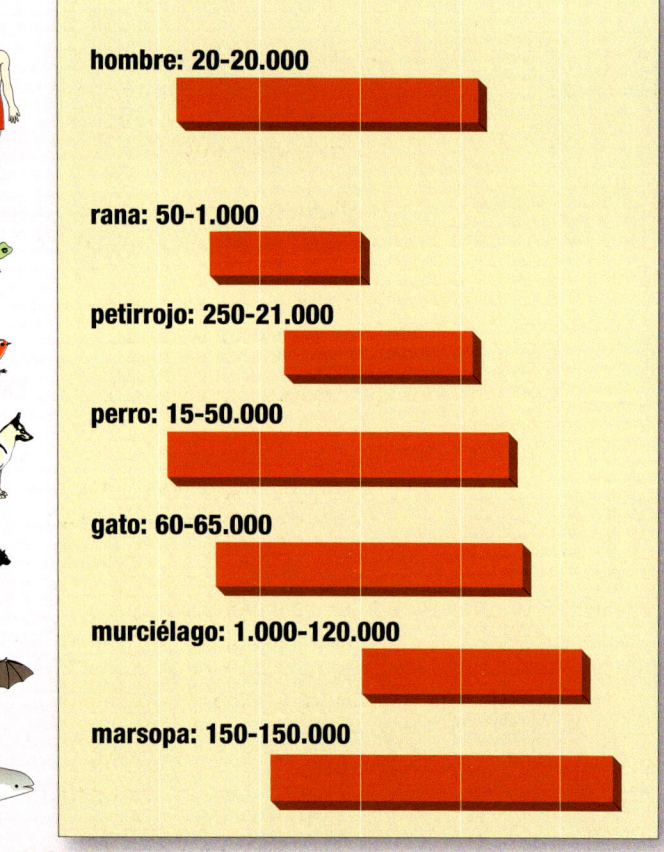

Para algunos animales, la percepción de ondas sonoras proporciona una información esencial. Es el caso del murciélago, que puede volar en la oscuridad porque emite unos particulares sonidos que rebotan contra los objetos y producen un eco que, al ser captado por el animal, le permite advertir la presencia de obstáculos. Nosotros ni siquiera somos capaces de oír esas ondas sonoras, porque se trata de ultrasonidos, pero para el murciélago constituyen su "vista".

# CURIOSIDADES

**Medidas del ojo**

El globo ocular tiene una forma esférica, aunque es algo aplanado en el sentido vertical. Su diámetro desde la parte anterior a la posterior, en el adulto, es de 24,6 mm: basta con que mida apenas un par de milímetros de más o de menos para que ello se traduzca en un defecto de visión que obligue a usar gafas o lentillas.

**El especial tejido de la córnea**

La córnea que recubre la cara anterior del ojo tiene que ser, necesariamente, transparente, pues de lo contrario, los rayos lumínicos no podrían penetrar en el globo ocular. Es tan importante la transparencia de la córnea que su contenido en agua supera el 75 % y, además, ni siquiera dispone de una irrigación sanguínea propia porque los vasos perturbarían la visión.

**El diafragma del ojo**

El ojo puede regular la cantidad de rayos lumínicos que penetran en su interior gracias al control de la pupila, un pequeño orificio del iris, el disco coloreado del globo ocular: en un ambiente poco iluminado, la pupila tenderá a permanecer más dilatada, para contraerse si se pasa a un ambiente demasiado luminoso.

**La diminuta mancha amarilla**

En la superficie de la retina hay una zona de máxima agudeza visual hacia la cual se enfocan los rayos lumínicos procedentes del interior: la mancha amarilla o *mácula lútea*, un área diminuta, ¡de apenas 5 mm$^2$!

**Mirarse la punta de la nariz**

Para poder ver bien, ambos ojos deben enfocar el mismo objeto, pues de lo contrario se vería doble: es lo que pasa cuando intentamos mirar algo demasiado próximo. Haz la prueba: pon un dedo a unos 30 cm de la cara, enfoca sobre él tu mirada y, sin dejar de mirarlo en ningún momento, aproxímalo lentamente hasta tocarte la nariz. ¿Qué sucede?

**Conos y bastones**

En la retina hay alrededor de 130 millones de fotorreceptores: unos 6 o 7 millones son conos, encargados de la visión en color, y los restantes son bastones, responsables de la visión en blanco y negro cuando estamos en ambientes poco iluminados.

**Los movimientos del ojo**

Podemos dirigir la mirada hacia donde pretendemos gracias a seis músculos insertados alrededor de la superficie externa de cada globo ocular que actúan de manera simétrica: cuando desviamos la vista hacia una dirección, los músculos situados más cerca de esa dirección de cada ojo se contraen y, a la par, los más alejados se relajan.

**¡A parpadear!**

Aunque, según las condiciones ambientales y la actividad que realizamos, hay momentos en que parpadeamos mucho y otros en que apenas lo hacemos, se calcula que el movimiento de parpadeo se repite, de promedio, unas 20.000 veces al día: es muy importante porque los párpados, con sus continuos barridos, mantienen limpia y humedecida de líquido lagrimal la superficie de los ojos.

**El olfato, un sentido complementario**

Para el ser humano, el olfato no es un sentido tan vital como lo es para múltiples animales, mucho más sensibles a los olores, que dependen de él para su supervivencia.

**Papilas gustativas**

Disponemos de unas 10.000 papilas gustativas repartidas sobre todo en la lengua, aunque algunas se localizan en el paladar y en la garganta. Y cada papila contiene de 50 a 100 células receptoras que reaccionan con mayor o menor intensidad a los diferentes estímulos: miles y miles de receptores que nos permiten discriminar multitud de sabores.